슬리피 할로우

SLEEPY
HOLLOW

SLEEPY
HOLLOW

WASHINGTON
IRVING

❈

슬리피 할로우

워싱턴 어빙 지음 ❙ **김동준** 옮김

HYEYUM

Contents

※ 슬리피 할로우

Sleepy Hollow

어느 독일인 학생 이야기

프랑스혁명의 기운이 최고조에 이르던 어느 늦은 밤, 한 젊은 남자가 폭풍우를 헤치며 파리의 도심을 가로지르고 있었다. 고향인 독일을 떠나와 살고 있는 그는 현재 거처로 삼고 있는 하숙집으로 향하는 길이었다. 하숙집이 위치한 동네는 파리 시내에서도 역사가 깊은 지역이어서, 건물이며 도로가 대부분 낡고 오래된 곳이었다. 하숙집으로 향하는 좁은 오르막길 위로 번갯불이 번쩍이고 천둥소리가 무섭게 들려오고 있었다. 이야기를 계속 진행하기 전에, 먼저 이 독일인 젊은이에 대해 잠시 소개하는 게 좋겠다.

　이 청년의 이름은 고트프리트 볼프강으로, 독일의 명망 있는 가문 출신이었다. 고향에서는 한동안 괴팅겐 대학에서 수

학했던 그는 다소 몽상적인 동시에 열성적인 성격 탓에 그 당시 다른 젊은이들은 받아들이기를 꺼리던 방종하고 아직은 정립되지도 않은 여러 학설에 빠져 있었다. 세상과 동떨어진 삶과 사물에 대한 지나친 열정 그리고 그가 심취해 있는 학문의 독특한 특성 등은 이 젊은 독일인 학생의 심신에 그대로 반영되었다. 건강은 점차 악화되었고 생각은 병들어갔던 것이다. 그는 스베덴보리*처럼 정신의 본질 따위에 대한 허망한 사색에 빠져들곤 했고, 종국에 가서는 자신만의 이상세계를 만들어 그 안에 갇혀 지내게 되었다. 그는 자신의 주변에 악마의 기운이 떠돈다고 믿었다. 나로서는 이해하기 힘든 부분이지만, 어떤 사악한 영혼 같은 것이 자신을 파멸에 이르도록 유혹한다는 것이다. 그런 망상은 그의 우울한 기질에 결부되어 최악의 결과를 만들어냈다. 성격은 더욱 의기소침해졌고 외모는 날이 갈수록 초췌해졌다. 정신적 혼란이 고트프리트 볼프강을 힘들게 하는 것이라고 여긴 그의 지인들은 주위 환경에 변화를 주는 것이 가장 좋은 해결책이라는 결론을 내렸다. 그런 연유로 그의 친구들은 그가 파리 특유의 화려함과 쾌활

* 스베덴보리 - 스웨덴의 과학자, 그리스도교 신비주의자, 철학자, 신학자.

함 속에서 연구를 마저 끝낼 수 있도록 돕기 위해 이 도시에서의 요양을 권유했던 것이다.

볼프강이 파리에 도착한 것은 프랑스혁명이 막 발발하기 시작한 시점이었다. 처음에는 파리의 군중이 보여주는 혁명의 몸부림이 그의 열성적인 성격을 자극했고, 당시 파리 사회의 정치와 철학의 기틀을 이루었던 학술이론들이 그를 사로잡기도 했다. 하지만 잇따르는 피의 향연은 그의 예민한 심성에 적잖은 충격을 주었다. 자신을 둘러싼 사회와 세상에 대한 환멸은 그 어느 때보다 더 그를 은둔생활에 빠지게 만들었다. 그는 스스로를 외부와 차단한 채 학생들만이 득실거리는 라탱 구역에 틀어박혀 지냈다. 당시 소르본 대학의 담장은 마치 수도원의 그것처럼 거무튀튀해서 우울하고 음산한 느낌을 주었는데, 볼프강은 그런 거리를 따라 걸으며 자신이 가장 좋아하는 사색에 몰두했다. 때로는 파리 시내의 거대한 도서관—죽은 저자들의 무덤이라 불리기도 했다—에서 오래된 서적들을 뒤지며 어딘가 병적인 만족에 빠져들기도 했다. 마치 죽은 자의 영혼을 파먹는 유령처럼 그는 쇠퇴한 문학의 납골당에서 허기를 채웠다.

지금이야 속세를 등지고 외롭게 살아가는 모습이지만, 볼프

강은 본디 활기찬 성격의 소유자였다. 문제가 있다면 그런 기질이 단지 그의 정신세계 속에 국한되어 있다는 것이었다. 지나치게 부끄러움을 많이 타는 성격에다 다른 사람들의 삶에는 통 관심을 두지 못하는 탓에 이성과의 관계를 진전시키는 법이 없었다. 하지만 그러면서도 여성의 아름다움을 열렬히 숭배했던 그는, 언제 어디선가 본 적 있는 여인들의 자태와 얼굴을 떠올리며 외로이 방에 틀어박혀 공상에 빠지곤 했다. 그의 이런 상상은 현실세계에서의 그것을 훨씬 능가하는 아름다움으로 여겨졌다.

이렇듯 상상 속 여인들과의 관계를 통해 마음이 한껏 고양된 상태에 있는 동안에는, 꿈에서도 기이한 일들이 일어나곤 했다. 언젠가부터 그는 눈이 부시도록 아름다운 여인이 등장하는 꿈을 꾸고 있었던 것이다. 그 여인의 인상은 매우 강렬해서 잠에서 깬 후에도 잊히지 않았다. 볼프강은 똑같은 꿈을 계속해서 꾸게 되는 걸 막을 수 없었고, 매번 그 여인이 나타나는 것은 당연지사였다. 그 꿈은 낮에는 그의 정신을 사로잡았고, 밤에는 선잠에서 허덕이게 했다. 결국 그는 꿈속의 그림자와 열렬히 밀애를 나누는 지경에 이르렀다. 이런 비정상적인 일은 꽤 오랫동안 지속되어서, 결국 그의 머릿속에 하나의 강

박관념으로 자리 잡았다.

처음으로 돌아가서, 당시 고트프리트 볼프강의 상황은 바로 이러했다. 그는 마레 지구의 음산하고 칙칙한 골목을 지나 폭풍우를 뚫고 늦은 밤 집으로 돌아가고 있었다. 좁은 길을 따라 양옆으로 솟아 있는 높다란 건물들 위로 천둥소리가 무섭게 울려댔다. 그는 당시 공개처형 장소로 사용되던 그레브 광장에 들어섰다. 오래된 시청건물 위로 번개가 진동하듯 내리치다가 깜빡이는 미광을 그 앞마당에 떨어뜨렸다. 광장을 가로지르던 볼프강은 바로 옆 가까이에 기요틴*이 서 있다는 사실을 알아차리곤 두려움을 느끼며 몸을 움츠렸다. 때는 바야흐로 공포정치가 한창이던 때로, 모두를 공포에 떨게 하는 죽음의 기계는 언제든 누군가의 목을 내리칠 준비가 되어 있었고, 그 냉혹한 칼날에는 고결하면서도 두려움 없는 자들의 피가 마를 새 없었다. 침묵으로 잠든 도시의 한가운데 우뚝 선 기요틴은 새로운 희생양을 기다리며 그 무시무시한 자태를 드러내고 서 있었다.

오싹함을 넘어 헛구역질이 날 정도였다. 그는 몸서리치듯

* 기요틴 – 참수형에 사용된 기계. 낙하하는 칼날이 처형자의 목을 자르게 고안되었다.

그 끔찍한 기계로부터 몸을 돌렸다. 볼프강이 어둠 속에서 이상한 형체를 발견한 것은 바로 그때였다. 단두대로 올라가는 계단 밑에 검은 그림자처럼 웅크리고 앉아 있는 어떤 형체가 눈에 들어왔다. 내리치는 섬광에 순간적으로 주위가 선명해지자 그것은 더욱 뚜렷하게 모습을 드러냈다. 검은색 옷을 입은 여자였다. 그녀는 단두대의 가장 낮은 쪽 계단에 앉아 무릎 사이에 얼굴을 파묻은 자세로 몸을 숙이고 있었다. 하나로 땋은 머리카락은 헝클어져 바닥으로 늘어져 있었고, 그 끝은 발 아래 웅덩이에 닿아 빗물과 함께 흘러내리듯 풀어헤쳐져 있었다. 볼프강은 멈추어 섰다. 비탄에 젖어 있는 그녀의 모습에서 알 수 없는 무언가가 느껴졌다. 차림새로 미루어 보아 그녀는 평민 이상의 신분인 것 같았다. 하지만 지금은 모든 것이 급변하던 시기였다. 한때 부드러운 오리털 베개에 머리를 묻고 잠을 청하던 상류층 사람들도 이제는 머무를 곳 하나 없어 이리저리 떠돌아다니는 신세로 전락해버리고 말았다. 어쩌면 저 여인도 끔찍하고 커다란 칼날에 모든 것을 잃고 홀로 남겨져 금방이라도 끊어질 듯한 가느다란 삶의 마지막 한 가닥을 간신히 붙들고 있는 것일지도 모를 일이었다.

그는 여인에게 다가가 연민 섞인 목소리로 말을 걸었다. 그녀는 머리를 들어 그를 바라보았다. 번쩍이는 불빛 아래 선명하게 드러나는 그녀의 얼굴을 보고 그는 놀라지 않을 수 없었다. 꿈속에서 끊임없이 자신을 괴롭히던 바로 그 얼굴이었던 것이다! 낯빛은 창백했고 절망적인 표정을 하고 있었지만 황홀할 정도로 아름다웠다.

격정과 혼란으로 몸을 떨면서도 볼프강은 용기를 내어 다시한 번 그녀에게 말을 걸었다. 이토록 늦은 시간에 거친 폭풍우속에서 홀로 남겨진 연유를 궁금해하며 누구든 그녀가 아는사람에게 데려다주겠다고 말했다. 그녀는 무언가를 암시하듯단두대를 가리키며 말했다.

"이 세상에 아는 사람이 아무도 없어요!"

"하지만 사는 곳은 있을 것 아닙니까?"

볼프강이 말했다.

"그래요. 무덤 속이 제 집이죠."

여자의 말에 이 독일인 학생의 심장은 녹아내리는 것 같았다.

"낯선 남자가 감히 이런 제안을 드려도 되는지 모르겠습니다만."

그가 말했다.

"부디 오해하지 말고 들어주십시오. 누추하기는 하지만 제가 지내는 곳을 잠시 거처로 삼으시는 건 어떠신지요. 좋은 친구가 되고 싶어 드리는 말씀입니다. 저도 이곳 파리에 아는 사람이 한 명도 없습니다. 이곳에서 저는 이방인지요. 제가 당신께 조금이라도 도움이 될 수 있는 존재이기를 바라지만 그것은 어디까지나 당신의 결정에 달려 있습니다. 그러한 바람도 당신에게 해가 되거나 모욕으로 여겨진다면 언제든 희생될 수 있는 것이지요."

젊은이의 태도에는 진심이 묻어나 있었다. 그가 가진 외지인의 억양도 그녀에게 편안함을 안겨주었다. 그것은 곧 그가 끔찍이도 진부한 파리 사람이 아니라는 것을 뜻했기 때문이다. 그의 진실하고 열정적인 태도에는 의심 가는 구석이 전혀 없었고 그녀에게도 충분히 설득력 있고 편안하게 들렸다. 갈 곳 없는 그녀는 자신이 보호가 필요한 상황에 처해 있음을 조심스레 털어놓았다.

그는 비틀거리는 그녀를 부축해 퐁네프 다리를 건넜다. 시민들이 쓰러뜨린 앙리 4세의 동상이 길가에 놓여 있었다. 폭풍우는 사그라졌고 천둥소리는 이제 저 멀리에서나 들려왔다. 파리 시내가 쥐죽은 듯 조용해졌다. 격렬한 화산폭발과도 같던 사람들의 열정은 내일의 또 다른 궐기를 기약하듯 잠시 휴식에 빠져든 뒤였다.

그는 라탱 구역의 오래된 거리를 거쳐 칙칙한 빛을 띠는 소르본 대학의 외벽을 지나 그가 묵고 있는 낡은 건물에 다다랐다. 여자와 함께 들어오는 볼프강을 맞이한 늙은 관리인은 꽤나 놀라는 눈치로 두 사람을 바라보았다.

아파트에 들어선 독일인 학생은 여기저기 어지럽혀 있고 물건들이 아무렇게나 방치된 자신의 방이 처음으로 부끄럽게 느껴졌다. 단칸으로 된 방은 유행이 지난 객실로 장중한 분위기였으나, 예전의 웅장함은 가구에 흔적으로만 남아 있었다. 온갖 책이나 종이들이 여기저기 쌓여 있었고 공부하는 사람들에게나 필요한 잡동사니가 아무렇게나 널브러져 있는 가운데 침대는 방 한쪽 면의 움푹 들어간 곳에 자리하고 있었다.

등불을 가져온 볼프강은 그녀를 더 자세히 볼 수 있었고 그 아름다움에 완전히 매료되고 말았다. 그녀의 얼굴빛은 창백한 듯했지만 윤기 있고 풍성한 검은 머리카락 사이에서 오히려 눈부시게 빛났다. 커다란 두 눈은 야성적으로 느껴질 정도로 기이한 빛을 발하고 있었다. 검은색 드레스 위로 드러나는 여인의 모습은 완벽한 균형미를 갖추고 있었다. 꾸미지 않은 소박한 차림에도 불구하고 전체적으로 풍기는 자태는 놀라울 정도로 아름다워 눈길을 끌기에 충분했다. 그녀의 목에는 다이아몬드가 박힌 폭이 넓은 검은색 띠가 매여 있었고, 그것이 그녀가 걸친 유일한 장신구였다.

독일인 학생은 자신에게 내맡겨진 이 무력한 존재를 어떻게 돌봐야 할지 몰라 난감해하기 시작했다. 그는 이 방을 여인을 위해 양보하고 자신은 다른 곳에 거처를 알아봐야 하는 게 아닌가 생각했다. 하지만 여전히 그녀의 매력에서 헤어나지 못하고 있던 그는 마치 주문에 걸린 것처럼 한순간도 그녀와 떨어져 있을 수 없을 것만 같았다. 여인의 태도 또한 말로 설명하기 힘든 기묘한 구석이 있었다. 단두대에 관해서라면 한마디도 하지 않았고, 그러면서 그녀의 비통한 심정도 누그러지는 듯했다. 정성어린 그의 태도는 그녀로 하여금 자신감을 되찾게 했고 시간이 흐른 후에는 그녀의 마음을 움직이게 했다. 그녀는 점차 열정적인 사람이 되어갔다. 이는 볼프강이 본디 가지고 있던 마음속 열정과 조화를 이루며 두 사람은 곧 서로를 이해하게 되었다.

매 순간 여인과 함께하며 볼프강은 그 어느 때보다 여인에게 흠뻑 빠져버렸다. 그는 이 아름다운 여인에게 마음을 고백

했다. 밤마다 그를 괴롭히던 꿈 얘기를 들려주며 광장에서 실제로 여인을 만나기 전부터 이미 자신의 마음은 그녀의 것이었다고 말했다. 그녀는 볼프강의 이야기에 이상하리만치 감화되어 자신 또한 같은 마음임을 고백하지 않을 수 없었다. 당시는 생각과 행동에 커다란 변화의 물결이 몰아치는 시기였다. 편견과 미신은 이미 옛것이 되어버린 후였고 세상의 모든 것은 이성의 여신이 지배하고 있었다. 여러 가지 구시대적 유물들 중에서도 결혼이라는 제도는 새로운 사상에 심취해 있던 이들에게는 불필요한 속박이라고밖에 여겨지지 않았다. 대신 그들에게는 사회계약론이 대세로 자리매김하고 있었다. 볼프강은 독실한 이론주의자였기 때문에 그 당시 유행하던 자유주의에 물들지 않을 수 없었다.

"우리가 왜 떨어져 지내야 합니까?"

그가 말했다.

"우리의 마음은 하나입니다. 이성과 명예의 관점에서 보더라도 우리는 결코 하나일 수밖에 없습니다. 고결한 두 영혼이 함께할 때 저 아무짝에도 쓸모없는 형식이라는 요소가 도대체 왜 필요하단 말입니까?"

여인은 볼프강의 말에 감동하여 귀를 기울이고 있었다. 그녀는 그의 말에 교화된 것이 분명해 보였다.

"당신에게는 집도 가족도 없습니다."

그가 계속해서 말을 이어갔다.

"제가 당신의 모든 것이 되어드리리다. 그게 아니라면 우리가 서로에게 모든 것이 될 수 있도록 하면 되겠지요. 만약 형식이라는 게 필요하다면 좋아요. 그 또한 나에게는 전혀 문제될 게 없소. 여기 내 손을 봐요. 나는 지금 당신과 영원히 함께할 것을 서약하는 겁니다."

"영원히?"

여인이 진지한 표정을 지으며 되물었다.

"영원히!"

볼프강이 다시 한 번 다짐했다. 여인은 그의 손을 잡고 속삭이듯 말했다.

"그렇다면 이제 저는 당신 거예요."

이렇게 말하며 여인은 볼프강의 품에 안겼다.

다음 날 아침 일찍 독일인 학생은 잠든 신부를 방에 남겨두고 그들의 새로운 생활에 걸맞은 널찍한 아파트를 찾아보기 위해 집을 나섰다. 그가 돌아왔을 때 여인은 한쪽 팔을 머리 위로 늘어뜨린 자세로 침대 위에 누워 있었다. 그는 여인에게 말을 걸어보았지만 아무런 대답이 없었다. 그는 불편해 보이는 여인의 자세를 고쳐주고자 그녀에게 다가가 손을 잡았다. 어찌된 일인지 손은 차갑게 식어 있었고 맥박도 느껴지지 않았다. 그녀의 얼굴은 창백했고 핏기가 없어 마치 죽은 사람 같았다. 한마디로 그녀는 시체였다.

공포에 사로잡혀 그는 건물 안에서 미친 듯이 날뛰었다. 같은 건물에 사는 사람들은 단번에 어떤 끔찍한 일이 벌어졌음을 알고 볼프강의 방으로 모여들었다. 혼란스러운 광경이 눈앞에 펼쳐지고 있었다. 결국 누군가가 경찰을 불렀다. 경찰관은 볼프강의 방 안으로 들어가려다 거기에 널브러져 있는 시체를 발견하고는 흠칫하고 뒤로 물러섰다.

"맙소사!"

경찰관이 소리쳤다.

"저 여자가 도대체 어떻게 여기 있는 거요?"

"저 여인에 대해 아는 것이라도 있소?"

볼프강이 간절한 목소리로 물었다.

"아는 게 있냐고?"

경찰관이 소리쳤다.

"저 여자는 어젯밤 단두대에서 처형된 사람이오."

그는 시체 앞으로 다가갔다. 시체의 목을 두르고 있던 검은색 띠를 풀어내자 여인의 머리가 바닥으로 굴러떨어졌다.

이 광경을 본 독일인 학생은 다시 미친 듯이 날뛰기 시작했다.

"이건 악마의 소행이야! 악마가 나를 홀린 게 틀림없어!"

그의 목소리는 거의 비명에 가까웠다.

"내 인생은 이제 끝난 거야."

그들은 볼프강을 위로하려 했지만 소용없는 일이었다. 그는 악마의 영혼이 죽은 시체를 되살려 그를 유혹한 것이라는 생각에서 빠져나오지 못하고 있었다. 결국 미쳐버린 그는 정신병원에서 남은 생을 마감해야 했다.

표정이 어딘가 불안해 보이는 노신사가 들려준 이야기는 이렇게 끝을 맺었다.

"그래서 이게 다 실제로 일어난 일이란 건가요?"

그 이야기를 듣고 있던 호기심 많은 또 다른 남자가 물었다.

"의심할 바 없는 사실이지."

노신사가 대답했다.

"그건 내가 확실히 보장할 수 있어. 그 독일인 학생이 내게 들려준 얘기니까 말이야. 파리에 있는 정신병원에서 내가 직접 그를 만났거든."

Sleepy Hollow

슬리피 할로우

　허드슨 강기슭을 옆에 두고 동쪽으로 굽어들어 가다 보면
널찍한 만(灣)이 눈앞에 펼쳐진다. 강물이 넓게 펼쳐져 흐르는
그곳을 초기 네덜란드 개척자들은 테판지라고 불렀다. 이곳
을 지나는 선원들은 항상 마음가짐을 바르게 하고 배의 돛을
내려 성 니콜라스*의 보호 아래 무사히 항해를 마칠 수 있기
를 기원했다. 이 근처에 자그마한 장이 서는 시골 항구도시가
있었다. 그린버러라고 불리는 그곳은 보통 테리타운**이라는
이름으로 더 잘 알려져 있었다. 마을이 그렇게 불리게 된 데는
다 그럴 만한 이유가 있었다. 그린버러에 장이라도 서는 날이

* 성 니콜라스 – 어린이들과 항해자들의 수호성인.
** 테리타운 – Tarry는 '체재하다, 늑장 부리다'라는 뜻을 가지고 있다.

면 이웃 마을의 남자들이 온통 이곳의 선술집에 몰려들어 시간이 가는 줄도 모르고 죽치고 앉아 하루를 통으로 허비하기 십상이었고, 그들의 이런 나쁜 버릇을 두고 여인네들이 그린 버러라는 이름 대신 테리타운이라 부르기 시작한 것이 시초라고 전해진다. 이에 대해 사실 여부를 확인해본 바는 아니지만 이야기의 정확성과 진정성에 대해서만은 확실히 하고 싶어 이렇게 밝혀두는 것도 나쁘지 않을 것 같다.

이 마을에서 그리 멀지 않은 곳에 작은 골짜기가 있었다. 높은 산으로 둘러싸인 그곳은 세상에서 가장 고요한 곳들 중 하나였다. 졸졸 소리를 내며 흐르는 작은 개울은 마치 여기서는 누구든지 잠시나마 쉬어가야만 한다고 말하는 것처럼 나른한 듯 조용히 흘렀다. 가끔씩 들려오는 메추라기 소리와 딱따구리의 나무 쪼는 소리가 유일하게 숲 속의 적막을 깨뜨리는, 그런 곳이었다.

내 기억으로는 내가 아직 풋내기에 지나지 않을 때였는데, 난생 처음으로 다람쥐사냥에서 성공의 기쁨을 맛봤던 곳도 바로 이 골짜기 근처의 호두나무 숲이었다. 나는 오후의 숲 속으로 정처 없이 걸어 들어갔다. 주위는 온통 고요함에 물들어 있었다. 내가 쏜 총은 나 자신도 놀랄 만큼 큰 소리를 내며 휴일 숲의 적막을 깨뜨렸다. 성난 총성의 메아리는 오랫동안 계속해서 숲속에 울려 퍼졌다. 만약 누군가가 속세의 번잡함을 피해 어디론가 숨어들고 싶다면, 그리고 고달팠던 인생의 흔적을 조용히 씻어내고 싶다면 이 작은 계곡만큼 이상적인 장소도 아마 없을 것이다.

특유의 적막과 최초 네덜란드 정착민들의 후손인 이곳 주민들에게서 볼 수 있는 독특한 분위기 때문에 사람들은 이 외딴 골짜기를 슬리피 할로우라고 불렀고 주변 마을의 사람들은 이곳의 시골 청년들을 슬리피 할로우의 사내들이라고 불렀다. 나른하고 몽롱한 기운이 마을 곳곳에 퍼져 있었다. 그런 분위기는 일상의 공기 속에서도 쉽게 느껴졌다. 어떤 이들은 사람들이 이곳으로 이주해오던 시기에 어느 독일인 마법사가 주술을 걸어놓았던 게 이유라 했다. 다른 누군가는 예언자인지 부족의 주술사인지 하는 어느 나이든 인디언 지도자가 헨드릭 허드슨에 의해 이 땅이 발견되기 훨씬 전에 인디언식으로 의식을 지냈기 때문이라고도 했다. 그 의식을 통해 퍼져나간 신비한 힘은 아직도 이 마을에 영향을 주고 있다는 것이고, 선량한 사람들마저도 그런 힘에 홀려 몽환 속에 자신을 잃고 정처 없이 나다니게 만든다고 믿었다. 사람들 또한 온갖 이상한 미신에 빠져 있어서, 환영을 경험하거나 자주 이상한 광경을 목격하는가 하면 허공에 떠다니는 음악소리나 누군가의 목소리 같은 것들이 들린다고 했다. 마을엔 온통 전설이나 그럴듯한 미신들로 가득했고, 곳곳에 유령이 출몰한다고 알려진 장소가 산재해 있었다. 다른 어느 지역보다도 많은 별똥별과 운석이 이 근방으로 떨어졌고, 몸이 아홉 개나 된다는 몽마(夢魔)가 이곳을 제집 드나들듯 한다고 알려져 있었다.

그중에서도 이 지역에서 가장 지배적인 힘을 행사하는 존재가 있었으니, 이는 모든 정령의 최고사령관 격인 존재로서 목이 잘린 채 밤마다 말을 달리며 사람들 눈앞에 나타나는 어떤 형상을 두고 하는 말이다. 사람들의 이야기에 따르면 그 형체는 다름 아닌 헤센 기병대원의 유령으로, 독립전쟁 중 어느 이름 없는 전투에서 포탄을 맞아 머리가 날아가버렸다고 한다. 그때부터 어수룩한 밤이면 마치 날개라도 돋친 듯 빠른 속도로 말을 타고 달려가는 그의 모습이 마을 주민들에게 목격되기 시작했다는 것이다. 그 유령의 출몰현장은 골짜기에만 국한된 것이 아니었다. 때때로 그는 마을의 도로나 멀지 않은 곳에 위치한 교회 근처에까지 모습을 드러냈다. 여기에 대한 권위 있는 역사학자들의 설명은 이러했다—마을에 떠도는 소문이란 소문은 죄다 수집해서 종일 비교분석하는 것이 그들의 일이니 한번쯤 귀를 기울여 보자. 그 기병대원의 시체는 인근 교회 마당에 묻혀 있는데, 밤이 되면 무덤에서 깨어나 잃어버린 머리를 찾아 옛 전투현장으로 말을 달려 나간다는 것이다. 그렇게 시간이 가는 줄도 모르고 머리를 찾아 헤매다 날이 밝아오는 것을 알아차리고는 서둘러 교회 마당으로 되돌아가는 모습이 골짜기를 쏜살같이 달리는 형체로 종종 목격된다는 것이라 했다.

　이것이 예로부터 마을에 전해오는 이 전설에 대한 일반적인 요지다. 여기에 여러 이야기가 덧붙어 황당무계하게 부풀려지는 경우가 있었고 그 흥미진진한 내용 때문인지 마을 어느 집에 가더라도 화롯가에 모여 앉아 슬리피 할로우의 목 없는 기사에 대해 이야기를 나누는 사람들의 모습을 어렵지 않게 볼 수 있었다.

　놀라운 것은 이런 현상이 비단 마을 주민들에게만 국한되어 일어나는 게 아니라는 것이었다. 그들은 물론이고 잠시라도 이곳에 머물렀던 사람이라면 누구든 자신도 모르는 사이에 이상한 기운을 받아 어느 순간 멍하니 넋을 놓게 되거나 헛것을 보기도 했다. 마을에 들어서기 전에는 멀쩡한 정신을 유지하던 사람도 그곳에 발을 들여놓는 순간 공상에 빠져들어 꿈을 꾸는 듯 기괴한 형상을 보게 되는 것이다.

비록 이렇게 무시무시한 일들이 일어나는 곳이긴 하지만 나는 이 마을에 관해서라면 어떠한 찬사도 아깝지 않다고 생각한다. 다른 네덜란드계 이민자들은 보통 뉴욕 주 여기저기에 따로 흩어져 살고 있지만, 이 마을에서는 주민들이 오래전부터 지금까지 함께 모여 살며 고유의 생활방식과 풍습을 그대로 유지하고 있기 때문이다. 이민과 도시발전이라는 거대한 물결 속에 다른 곳에서는 급격한 변화가 일어나고 있었지만 이 작은 마을만은 그런 흐름에서 비켜날 수 있었던 것 같다. 이곳은 마치 급류 속에 생겨나는 작은 은신처 같은 곳이었다. 주위의 물살에 휩쓸려가지 않은 지푸라기며 거품 같은 것들이 한데 모여 어느 한 지점에서 끊임없이 천천히 돌고 있는 형상이랄까. 고즈넉한 슬리피 할로우의 숲 속을 거닐던 것도 이미 오래전 일이지만 나는 아직도 가끔씩 그 마을이 궁금해질 때가 있다. 그 깊숙한 골짜기에 아직도 그때 내가 보았던 나무들이 자라고 있는지, 그들의 후손이 또 다시 새로운 가족을 이루고 농사를 지으며 지금까지 선조들의 명맥을 이어가고 있는지 말이다.

미국이라는 나라의 짧은 역사에서 보자면 꽤 먼 옛날, 그러니까 나라가 세워지고 30년쯤 지났을 때 일이다. 이카보드 크레인이라는 이름의 번듯한 남자가 슬리피 할로우의 이 외딴 곳에 체류하고—그의 표현을 빌리자면 빈둥대고—있었다. 이카보드 크레인*은 마을에 사는 아이들을 가르치는 일을 하고 있었는데, 그는 코네티컷 주 출신으로 그 주에서는 삼림 관리원이며 교사와 같은 인재들을 외부의 다른 주로 보내오고 있었다. 크레인이라는 성은 그의 외모와 딱 맞아 떨어지는 것이었다. 큰 키에 매우 마른 몸매에다 어깨는 좁으면서 팔다리는 기형적일 만큼 길쭉했다. 그래서 손은 소맷자락에서 멀찍이 나와 있었고 두 발은 삽으로 써도 될 만큼 볼이 넓고 커서 전체적으로 보자면 몸의 각 부분이 어딘가에 힘없이 걸려 덜렁거리는 것처럼 보였다. 머리는 작고 윗부분이 납작했으며 커다란 귀와 흐리멍덩한 초록빛깔의 눈동자, 뾰족하게 튀어나온 긴 코는 마치 풍향계 같아 보였다. 바람 부는 날 불룩해진 옷자락을 날리며 언덕을 성큼성큼 걸어 올라가는 그의 모습을 보고 있자면, 땅 위로 강림한 기근의 신이나 옥수수밭을 뛰

---

* 크레인 - Crane은 학이라는 뜻이다.

쳐나온 허수아비로 착각할 정도였다.

그가 학생들을 가르치는 곳은 아무렇게나 지은 통나무집의 커다란 방 한 칸짜리 교실이었다. 창문은 유리를 끼워넣은 것도 있었고, 낡은 습자책으로 유리를 대신한 것도 있었다. 수업이 없어 교실이 빌 경우에는 출입문 손잡이에 실버들 가지를 감아놓고 창의 덧문에다가는 받침대를 고정시켜 혹여나 도둑이 드는 경우를 대비했다. 도둑이 손쉽게 안으로 들어올 수는 있었지만 저러한 장치들 때문에 다시 밖으로 나가기는 쉽지 않은 구조였다. 이는 건축가 요스트 반 하우텐이 고안한 뱀장어통발구조의 발상을 차용한 것이었다.

학교건물 뒤로는 나무가 무성하게 자란 언덕이 자리 잡고 있었고, 건물 한쪽 옆으로는 개울물이 흐르고 다른 한쪽으로는 자작나무 숲이 두껍게 형성되어 있었다. 어떻게 보면 자칫 외로워 보일 수도 있었지만 반대로 쾌적한 환경 속에서 학업에 열중할 수 있는 곳이었다. 나른한 여름날 교실 안에서 나직이 들려오는 열심히 글을 외는 아이들의 목소리는 벌들이 붕붕대며 날갯짓을 하는 소리처럼 들렸다. 그러다가도 간혹 무섭게 으름장을 놓는 선생의 목소리나 자작나무 회초리가 교탁을 내리치는 소리도 들려왔다. 눈앞에 펼쳐진 지식의 꽃밭에서 게으름을 피우며 어슬렁거리기만 하는 학생들을 재촉하는 소리였다. 사실 이카보드 크레인은 양심적인 사람으로 '매를 아끼면 아이를 망친다' 라는 격언을 항상 마음속에 새겨놓고 있었다. 그 덕분인지 확실히 이카보드 크레인의 학생들 중에서는 행실 나쁜 아이를 찾아보기 힘들었다.

그렇다고 그를 학생들을 마냥 강압적으로 대하는 그런 잔인한 사람으로 여겨서는 안 될 일이다. 오히려 그와는 반대로 그는 가혹함보다는 분별력과 정의로움으로 학생들을 가르쳤다. 약한 학생들의 짐을 덜어 강인한 학생들에게 그 짐을 지도록 하는 게 그의 교육철학이었다. 그는 회초리를 들기만 해도 벌벌 떠는 여린 학생들에게는 관용의 자세를 취하다가도 어머니의 치마폭에서 곱게만 자란 고집불통 학생들에게는 곱절의 체벌을 하는 게 바른 경우라 믿었다. 당연히 크게 혼이 난 아이들은 여전히 그를 이해하지 못하고 부루퉁해서는 골을 내기 일쑤였지만 말이다. 그는 이 모든 것이 '부모의 마음으로 교사로서의 의무에 최선을 다하는 것' 이라 생각했고, 체벌을 가하게 되더라도 '나중에 커서 돌이켜보면 나에게 고마워하게 될 거다' 라는 진심어린 말로 매를 맞은 아이를 달랠 줄 아는 사람이었다.

수업이 끝난 후에는 다른 아이들보다 나이가 많은 학생들과 함께 어울려 놀아주기도 했다. 대신 휴일 오후에는 나이 어린 학생들을 집으로 바래다 줬는데, 이런 아이들은 보통 어여쁜 누이나 예의 바른 모친을 두고 있는 경우여서 아이를 데려다 줄 때 집안까지 초대되어 좋은 음식대접을 받길 기대하곤 했다. 사실 그는 아이들을 잘 대해줘야만 할 이유가 있었다. 그가 학생들을 가르치고 얻는 수익은 형편없을 정도였다. 그래서 그 돈으로는 하루 세 끼 먹을 빵을 사는 것만으로도 빠듯했던 것이다. 게다가 이카보드 크레인의 위는 아나콘다의 그것처럼 잘도 늘어나서, 선생은 마른 몸매와는 어울리지 않게 사실은 엄청난 대식가였던 것이다. 이 마을에서 교사를 대하는 풍습이기도 했지만, 그는 하는 수 없이 생활을 유지하기 위해 자신이 가르치는 아이들의 집을 돌아다니며 하숙생활을 할 수밖에 없었다. 이런 식으로 그는 가진 모든 짐을 달랑 보따리 하나에 넣어 일주일에 한 곳씩 거처를 옮겨 다녔다.

하지만 동시에 그의 이러한 거주방식 때문에 마을 사람들이 경제적으로 부담을 느껴서도 안 될 일이었다. 시골 사람들에게는 아이의 학비를 대는 것만 해도 경제적으로 꽤 무거운 짐이었고, 게다가 선생이라는 자가 그저 빈둥거리며 돌아다니기만 한다는 인상을 줘서도 안 되었다. 그는 자신이 쓸모 있고 어떤 일에든 적합한 사람이라는 것을 보여줄 수 있는 여러 가지 방법을 알고 있었다. 그래서 이카보드 크레인은 종종 농장에서 농부들의 잔일을 거들곤 했다. 건초더미를 만들거나 울타리를 고치기도 했고 말에게 물을 먹이거나 목장에서 소를 몰아오기도 하고 다가오는 겨울에 쓸 땔감을 장만하기 위해 나무를 해오기도 했다. 또한 그는 학교라는 자신의 왕국에서 보여주던 강압과 위엄, 절대 통치자의 모습은 잠시 숨겨두고 한없이 친절하고 상냥한 태도를 취하며 사람들의 비위를 맞추려 노력했다. 자식을 귀여워해주면 자연스럽게 아이엄마의 호감을 살 수 있다는 걸 알았던 그는 아이들을 돌보는 일에도 무척 열심이었다. 특히 아이의 나이가 어려질수록 어머니의 호감의 정도는 더 커졌기 때문에 그는 마치 용맹스러운 사자가 넓은 아량으로 어린 양을 품듯이 두 팔로 무릎 위에 올려놓은 아이를 안고 한쪽 발로는 다른 아이가 잠들어 있는 요람을 몇 시간이고 흔들어줘야 하는 고생도 마다하지 않았다.

이런 일 외에도 그는 성가대에서 노래를 가르치며 꽤 짭짤한 부수입을 챙겼다. 일요일 예배에서 자신의 손으로 직접 뽑은 성가대원들과 교회의 가장 앞자리를 차지하고 앉는 것이 그에게는 꽤나 자랑거리였다. 그 스스로는 교회의 목사보다 자신이 더 중요한 인물이 된 것처럼 느껴졌기 때문이다. 그럴 때면 확실히 그의 목소리는 예배를 위해 모인 다른 사람들의 말소리를 압도할 만큼 크게 울려 퍼졌다. 그 교회에서는 지금까지도 이상한 목소리를 들을 수 있다고 한다. 고요한 일요일 아침에 그 목소리는 반 마일이나 떨어져 있는 저수지 반대편에서도 들을 수 있는데, 사람들은 그 소리가 이카보드 크레인의 코 막힌 목소리가 아직까지 이곳에 울려 퍼지고 있는 것이라 믿고 있었다. 흔히 '수단과 방법을 가리지 않는다'라는 말이 있듯이, 마을 사람들로부터 존경받는 이 교육자는 여러 가지 임시변통으로 그럭저럭 삶을 잘 영위해나갈 수 있었고 머리를 쓰는 일에 익숙지 않은 대부분의 마을 사람들은 그런 그의 삶을 매우 평온한 것이라 여겼다.

학생들을 가르치는 사람으로서 이카보드 크레인은 시골 마을의 여인네들 사이에서도 꽤 중요한 인물로 여겨졌다. 그들이 보기에 이카보드 크레인은 항상 여유로워 보이는데다 시골 사내들에게선 찾아보기 힘든 고상한 취향과 교양을 지닌, 소위 말하는 신사였기 때문이다. 실제로 그는 마을 목사 다음으로 높은 학식을 가진 사람이었다. 그가 이 시골마을의 작은 다과회에 나타나는 날에는 다과회가 열린 집안에 약간의 흥분 섞인 분주함까지 감돌곤 했다. 케이크와 사탕 같은 먹을 것들이 식탁 위에 넘쳐났고 어떤 때는 은제 찻주전자까지 동원되기도 했다. 그리하여 우리의 이 학식 높은 위인은 시골 처녀들에 둘러싸여 더없이 행복한 시간을 보낼 수 있었다. 예배가 있는 일요일이면 이 시골 신사는 교회 앞마당에서 여인들에 둘러싸여 항상 돋보일 수밖에 없었다. 예배시간이 끝나면 인근의 풀숲을 한 무리의 여인네들과 거닐며 삐죽 튀어나온 머루송이를 따주기도 하고 묘지 사이를 지나게 될 때면 묘비에 적힌 비문을 손수 읊어주기도 하며 근처의 연못가로 또 둑으로 산책을 나가기도 했다. 개중에 수줍음을 많이 타는 소녀는 그의 앞으로 나서지 못하고 뒤에 처져 무리를 따라 걸으며 그에게서 풍겨오는 고상함과 뛰어난 말솜씨에 감탄하곤 했다.

반쯤은 떠돌이인 생활 덕분에 이카보드 크레인은 마을의 걸어다니는 신문의 역할도 하고 있었다. 마을 이곳저곳에서 일어난 소소한 일들이며 소문들이 그의 입을 통해 집집마다 전달되고 퍼져나갈 수 있었고, 그런 이유로 마을 사람들은 그의 방문을 반기는 편이었다. 게다가 그는 마을 부인들로부터 박식한 사람으로서 존경의 대상이기도 했다. 실제로 그는 여러 권의 책을 이미 독파했으며 특히 그가 좋아하는 코튼 마더의 『뉴잉글랜드 마술사』에 대해서는 권위자로까지 여겨졌다.

그는 이리저리 머리를 굴리는 데도 뛰어났지만, 어떤 면에서는 단순하리만큼 남의 생각을 쉽게 수용하는 순진함도 가지고 있었다. 특히 뭐든 특이한 것에 대한 취향과 그것을 소화시켜 자기만의 것으로 만드는 능력은 모두 특출하였다. 그리고 어딘가 음침한 분위기가 감도는 이 마을에서 살기 시작한 후부터 그러한 특징들은 더욱 뚜렷해졌다. 무엇이든 받아들일 준비가 되어 있는 그에게 더 이상 놀랄 만하다거나 무서운 이야기란 존재하지 않았다. 그는 종종 학교를 파한 후 학교건물 옆으로 난 개울가로 가 바로 옆 토끼풀밭에 누워 날이 어두워져 더 이상 눈앞의 글자를 읽기 힘들어질 때까지 마더의 그 무시무시한 책을 읽었다. 그에게는 이것이 일상에서 가질 수 있는 작은 즐거움이었다. 그렇게 시간을 보낸 이카보드 크레인은 늪지대와 강을 거쳐 시커먼 숲을 지나 자신이 묵고 있는 농장으로 돌아오는데, 귀신이 나타난다 해도 이상할 것 없는 그 시간에 주위에서 들려오는 소리는 그의 상상력을 한껏 북돋웠다. 언덕에서 들려오는 쏙독새의 구슬픈 울음소리, 폭풍우가 몰려올 것을 미리 알고 개굴거리는 청개구리의 불길한 울음소리, 스산하게 들려오는 올빼미들의 울음소리며, 무엇엔가 놀라 둥지에서 날아오르는 새들의 날갯짓 소리 같은 것들이 사위를 가득 채우고 있었다.

어둠 속에서 가장 밝게 빛나야 할 반딧불이도 그가 지나는 길에서는 이상하게 어스름한 불빛을 내며 그를 기분 나쁘게 했다. 어쩌다 커다란 딱정벌레가 그에게 날아와 부딪히기라도 하면 이카보드 크레인은 마녀에 홀린 게 아닌가 싶어 소스라치게 놀라곤 했다. 이런 으스스한 생각을 떨쳐버리기 위해 그가 할 수 있는 유일한 방책은 큰 소리로 찬송가를 부르는 것이었다. 앞뒤 맥락을 알 턱 없는 순진한 슬리피 할로우의 마을 사람들은 저녁녘 문 옆에 앉아 저 멀리 언덕이나 길 건너편에서 들려오는 〈영원의 감미로움 속에서〉라는 제목의 콧소리 섞인 찬송가 노래 소리를 들으며 이카보드 크레인에 대한 경외심을 가지기도 했다.

그가 이 섬뜩한 취미를 즐기는 또 다른 방법은 마을의 나이 든 네덜란드 여인들과 어울리는 것이었다. 그들은 화롯가에 앉아 실타래를 돌리며 기나긴 겨울밤을 보냈는데, 난로 위에 사과를 올려놓고 익혀 먹기도 했다. 그럴 때면 으레 유령이나 귀신, 끔찍한 일들이 일어난다는 들판이나 계곡, 다리, 집 등

등에 대한 얘기가 흘러나왔다. 특히나 목이 잘린 기사, 혹은 그들이 부르는 대로 하자면 '말을 달리는 슬리피 할로우의 헤세 기병' 얘기는 언제나 빠지지 않고 등장했다. 이카보드 크레인은 예전 코네티컷에서 유행하던 마술이나 여기저기서 일어나던 불길한 징조며 자기가 보고 들은 무서운 것들에 대한 이야기를 들려주어 부인들이 자신에게 준 즐거움에 보답했다. 그리고 혜성이나 유성에 관한 천문학 이야기를 들려주기도 했는데, 우리가 사는 이 지구는 끊임없이 회전하기 때문에 하루의 절반 동안은 사실 모두가 거꾸로 서 있는 것과 마찬가지라는 이야기에 사람들은 흥미로운 반응을 보였다.

모닥불이 타닥타닥 타들어가며 발그레한 빛을 내는 그런 분위기에서 난롯가에 옹기종기 모여 앉아 이야기꽃을 피우는 것은 즐거운 일이었다. 하지만 시간이 늦어 홀로 집으로 돌아가야 할 때 그가 느끼는 공포감은 평소보다 배나 되었다. 눈 내리는 밤길의 어스름과 기분 나쁜 불빛 속에서 마주쳐야 할 기이한 형상과 그림자들이 걱정이었다. 황량한 들판 저 멀리 창문을 통해 깜빡이는 불빛을 보며 그는 자신이 머물고 있는 집을 그리워하며 발길을 재촉하기도 했다. 눈이 두껍게 쌓인 관목들이 그에게는 마치 수의를 두른 유령처럼 보여 기겁하고 놀랐던 적도 있었다. 발걸음을 뗄 때마다 스스로가 만들어내는 발소리조차 그를 놀래기에 충분했다. 마치 누군가 그의 뒤를 따라오는 것 같아 겁에 질린 나머지 뒤를 돌아볼 생각조차 할 수 없었던 적도 있었다. 거세게 부는 바람이 나뭇가지 사이를 지나며 만들어내는 날카로운 소리에 혹여나 야간정찰을 나온 헤센 기병은 아닐까 싶어 오금이 저릴 때도 있었다.

하지만 이 모든 것은 순전히 어둠 속에서만 느껴지는 두려움이었다. 어둠 속에서 그의 마음이 허깨비를 만들어내는 것이다. 홀로 길을 걷다 보면 그는 유령이나 여러 이상한 형상을 한 악마와 맞닥뜨리기도 했지만 그것도 날이 밝기만 하면 모두 사라지는 것들이다. 날이 밝으면 사라지는 이런 것들과는 달리 저 모든 요물들을 다 합쳐놓은 것보다 더 상대하기 어려운 존재가 있었으니, 바로 이 마을에 사는 한 여인이었다.

일주일에 한 번씩 그가 지도하는 성가대에는 카트리나 반 테셀이라는 여인이 있었다. 그녀는 엄청난 재력가인 네덜란드 출신 농장주의 외동딸이었다. 꽃다운 열여덟의 나이로, 자고새처럼 통통한 몸매에 아버지의 농장에서 자라는 복숭아처럼 잘 여물어 발그레한 얼굴빛을 하고 있었고 겉으로 드러나는 아름다움뿐만 아니라 그녀가 상속받게 될 어마어마한 양의 유산 때문에 온 마을에서 그녀를 모르는 사람이 없었다. 게다가 그녀에게는 약간 요염한 구석도 있었다. 평소의 복장을 보면 알 수 있는데, 전통과 현대적인 미를 함께 살려 그녀가 가진 매력을 더욱 돋보이게 했다. 거기다 그녀는 고조모가 사아담에서 가져온 순금 장신구를 하고, 유혹적으로 보이는 옛날식 가슴장식과 남정네들의 마음을 홀리기에 좋은 짧은 치마를 입고 그 마을에서 가장 예쁜 자신의 발과 발목을 뽐내곤 했다.

이카보드 크레인은 이성과의 관계에 관한 한 약자였고 무지한 사람이었다. 그런 그에게 카트리나 반 테셀은 첫눈에 반할 만한 여인이었다. 언젠가 한번 이카보드 크레인이 카트리나의 아버지인 발터스 반 테셀의 궁궐 같은 저택을 방문했던 적이 있었다. 그때 처음으로 그녀를 보게 되었고 이후로 그녀에 대한 그의 마음은 식을 줄을 몰랐다. 발터스 반 테셀 노인은 성공적인 삶을 살고 부러울 게 없으면서도 너그러운 마음을 가진 농부였다. 그는 그의 농장 밖에서 일어나는 일에 대해서는 일체 함구하고 자신의 생각조차 내비치지 않는 사람이었다. 하지만 자신이 관여한 모든 것에서는 항상 조화를 이루어 아늑한 환경을 만들고 사람들이 행복할 수 있도록 만드는 사람이었다. 그는 자신의 부에 대해 만족하기는 했지만 그렇다고 그걸 자랑스럽게 여기지는 않았고 생활의 유복함보다는 마음의 유복함을 더 자랑스레 여겼다. 그의 저택은 허드슨 강 기슭에 자리 잡고 있었다. 초록이 우거져 있고 외부의 위험으로부터 잘 보호받을 수 있으며 비옥하기까지 한 그 땅은 네덜란드 농부들이라면 모두들 탐내는 곳이었다. 커다란 느릅나무가 저택 위로 넓게 가지를 펴고 있었고 그 밑으로는 맑은 샘물이 부드러운 포말을 일으키며 작은 우물처럼 솟아올랐다가 주변의 잔디밭으로 흘러들어가고 다시 주위의 시냇물로, 오리나무와 키 작은 버드나무 사이로 흘러들었다. 농가 바로 옆으로는 교회로 사용해도 될 만큼 커다란 헛간이 있었다. 모든 창문과 나무판자 사이의 틈에서 그 안의 보물이 터져 나올 것만 같은 그런 곳이었다. 농장 안에서는 아침부터 밤까지 쉬지 않고 도리깨질 소리가 들려왔다. 제비나 흰털발제비는 헛간의 처마 끝을 스치듯 날아다니며 지저귀고 비둘기는 줄 지어 앉아 날씨가 어떤지 보기라도 하듯 하늘을 올려다보고 있었다. 그중 어떤 놈들은 날개나 가슴팍에 부리를 박고 조용히 몸을 웅크리고 있었으며 나머지 것들은 암컷의 환심을 사려는 듯 한껏 몸을 부풀려 구구 소리를 내며 지붕 위로 쏟아지는 햇살을 만끽하고 있었다.

우리 안에서는 털이 반질거리는 살찐 돼지들이 여유롭게 휴식을 취하며 꿀꿀거리고 있었고, 갓난 새끼들은 맑은 공기라도 쐬려는 듯 무리를 지어 밖으로 뛰쳐나왔다. 눈처럼 새하얀 거위 함대가 한 무리의 오리들을 호위하듯 주변 연못으로 날아들었다. 칠면조 연대는 농장을 가로지르며 꽥꽥 소리를 지르고 있었고 뿔닭들은 이게 마음에 들지 않았던지 성격 고약한 여편네들처럼 불만 섞인 소리로 울어댔다. 모범적인 남편이요, 전사이자 훌륭한 신사이기도 한 수탉은 그 당당한 모습으로 윤기 나는 날개를 퍼덕이며 자신감에 차 기분 좋은 울음소리를 냈다. 이따금 발로 땅을 파헤쳐 발견한 맛있는 먹잇감을 배고픈 아내와 아이들에게 나눠주기도 했다.

이 정도면 한겨울에도 만찬을 즐길 수 있다는 생각에 선생은 군침을 흘릴 지경이었다. 뭐든지 먹을 것으로밖에 보이지 않는 그의 눈에는 이미 구운 돼지고기와 맛있는 푸딩이 뱃속을 가득 채우고 있었고, 입가심으로 사과를 한 입 가득 베어 문 자신의 모습이 그려졌다. 겉은 바삭하고 속은 부드러운 비둘기고기를 넣은 파이며 육즙 가득한 거위고기, 양파 소스를 적당히 발라 마치 결혼한 부부처럼 다소곳이 접시에 놓인 오리고기가 떠올랐다. 포동포동하게 살이 오른 돼지들을 보고 있자니 반듯하게 잘려 나온 베이컨과 신선한 햄이 눈앞에 아른거렸고, 날개며 모래주머니 따위가 먹음직스럽게 꼬치에 끼워진 칠면조도, 짭짜름한 소시지도 머리 위로 떠다녔다. 훌륭한 자태를 뽐내던 수탉마저 닭발을 위로 한 채 민망하게 접시 위에 드러누워, 살아 있었다면 감히 상상도 하지 못했을 그런 자비를 구하는 듯한 모습도 상상 속에 그려졌다.

이런 생각에 정신이 팔려 있던 이카보드 크레인은 이제 그의 커다란 눈을 넓게 펼쳐진 목초지로 옮겼다. 밀, 호밀, 메밀, 옥수수 등이 빼곡히 자라고 있는 땅과 빨갛게 잘 익은 과일이 주렁주렁 열린 과수원으로 둘러싸인 반 테셀의 집이 눈에 들어왔다. 처음에 그는 이 모든 걸 상속받게 될 여인을 마음속으로 그려보았다. 생각이 생각을 낳아 이제는 자신이 그녀와 결혼했을 때 이 모든 것을 어떻게 현금화할 것이며 그 다음엔 또 어디에 투자를 할 것인지에 대해 고민하며 큰돈을 만들게 되면 멋진 지붕을 가진 궁전 같은 집을 지어야겠다고 생각했다. 그는 점점 더 꿈 같은 상상의 나래를 펼치게 되었다. 이제는 꽃처럼 아름다운 카트리나가 아이들과 함께 마차에 올라탄 모습까지 그려보고 있었다. 상상 속에서 그와 가족들은 이런

저런 가재도구들을 마차에 싣고 망아지까지 한 마리 뒤에 묶은 채 켄터키나 테네시, 혹은 아무도 그들을 찾을 수 없는 곳으로 여행을 떠나는 것이다.

그가 발터스 반 테셀의 드넓은 저택으로 들어섰을 때는 그야말로 황홀감을 느꼈다고 해야 할 것이다. 농가는 그 끝이 보이지 않을 만큼 넓었다. 높지만 경사가 완만한 용마루를 가진 그 집은 최초 네덜란드 이주민들의 건축양식을 그대로 따른 것이었다. 낮게 튀어나온 처마는 건물 앞쪽으로 베란다를 형성하고 있었고 날씨가 좋지 않을 때에는 문을 닫아둘 수 있었다. 그 밑으로는 도리깨며 농기구, 강낚시에 쓰일 법한 그물 같은 것들이 걸려 있었다. 여름에 특히 유용하게 쓰일 법한 벤치가 베란다의 가장자리를 따라 놓여 있었다. 한쪽으로는 커다란 물레가 자리 잡고 있었고 반대편에는 유제품을 만드는 커다란 통이 놓여 있어 이 베란다가 얼마나 다양한 용도로 사용될 수 있는지를 보여주고 있었다. 집안의 모든 게 신기한 듯한 눈을 하고 이카보드는 베란다에서 이곳 사람들이 주로 생활하는 공간으로 들어갔다. 그곳에는 기다란 찬장 위로 화려한 모양의 백랍그릇들이 진열되어 있었다. 방 한쪽 구석에는 커다란 부피의 양털 한 포대가 물레질을 기다리고 있었고, 반대편에는 베틀에서 막 뽑아낸 마모교직물이 쌓여 있었다. 옥수수 이삭이며, 사과와 복숭아 말린 것을 홍고추와 함께 꽃줄 장식처럼 벽에 걸어두고 있었다. 빼꼼이 열린 문틈으로 그는 응접실을 들여다볼 수 있었다. 그곳에는 발치가 굽은 모양으로 장식된 의자와 마호가니 탁자가 빛을 받아 거울처럼 번쩍이고 있었고 장작 받침쇠가 부삽이니 부젓가락과 함께 아스파라거스 잎 위에 가려 보일 듯 말 듯 빛나고 있었다. 벽난로는 고광나무와 조개껍질로 장식되어 있었고 그 위로는 다양한 색깔의 새알을 엮어 만든 장식품이 걸려 있었다. 방 한가운데에는 커다란 타조알이 걸려 있었고 일부러 열어둔 듯한 구석의 찬장 안에는 오래된 은 가공제품과 잘 빚어진 도자기가 진열되어 있었다.

이카보드는 이 화려한 곳에 눈길을 준 그 순간부터 평정심을 잃었다. 그의 유일한 관심은 어떻게 하면 반 테셀의 어여쁜 딸의 환심을 사는가 하는 것이었다. 하지만 그녀를 얻는다는 것은 그리 쉬운 일이 아니었다. 저 옛날 수도기사들이 자신의 용맹함을 천하에 떨치기 위해 힘겨운 싸움을 했다고는 하지만, 이카보드가 기울여야 하는 노력에 비하면 아무것도 아니었다. 그들이 대적해야 했던 것들이라 해보았자 고작 거인, 마법사, 불을 내뿜는 용 같이 쉽게 이길 수 있는 상대였다. 그게 무엇이든 단숨에 무찌른 후 무쇠로 만들어진 문을 열고 사랑하는 여인이 갇혀 있는 성안의 요새를 정복하기만 하면 되었다. 이처럼 식은 죽 먹기만큼 쉬운 과정이 지나고 나면 여인은 자연스레 자신을 구하러 온 기사에게 손을 내밀어 주는 것이다. 이와는 반대로 이카보드는 시시때때로 마음이 바뀌는, 미로 같은 시골 처녀를 상대해야만 했다. 그녀의 변덕은 항상 새로운 고난과 장애물을 만들어낸다. 그는 또한 카트리나를 둘러싼 수많은 마을 청년들도 상대해야 했다. 그녀의 마음을 얻기 위해 서로가 서로를 감시하면서도, 새로운 경쟁자가 나타나면 또 언제 그랬냐는 듯 함께 힘을 합쳐 뛰쳐나갈 준비가 되어 있는 살아 있는 사람 말이다.

개중에서도 가장 만만치 않은 상대가 있었으니 에이브러햄이라는 이름의 청년으로 네덜란드식으로 줄여서 부르는 이름은 브롬 반 브런트였다. 건장한 체구에 활기가 넘치고 기세등등한 그는 주변 마을에서 특유의 강인함과 배짱으로 널리 알려진 영웅 같은 존재였다. 그는 떡 벌어진 어깨에 유연한 몸을 가지고 있었다. 짧은 검은색 곱슬머리에 무뚝뚝하지만 불쾌한 인상을 주지는 않았고 항상 장난기와 거만함이 섞인 태도를 보이는 자였다. 사람들은 그를 통뼈 브롬이라고 불렀는데, 이는 그가 가진 헤라클레스 같은 몸집과 힘이 센 팔다리 때문에 붙은 별명이었다. 말을 다루는 데 필요한 풍부한 지식과 숙련된 기술로 명성이 자자했던 그는 타타르인 만큼이나 말을 다루는 솜씨가 뛰어났고, 각종 경기와 닭싸움에서도 언제나 으뜸이었다. 시골생활에서라면 힘센 사람이 항상 우위에 있듯이, 그 또한 마을에 논쟁이 일어나면 앞에 나서서 일을 중재하곤 했다. 모자를 한쪽으로 삐딱하게 쓰고 엄중한 태도로 논쟁에 종지부를 찍으면 어느 누구도 그 말에 이의를 제기하거나 토를 달지 않았다. 그는 언제나 싸움을 걸거나 심한 장난을 칠 준비가 되어 있었으나 그의 기질은 악의적이라기보다는 오히려 짓궂은 편에 가까웠다. 그의 거만하고 거친 모습 뒤에는 사실 장난기가 가득했다. 그는 서너 명 정도의 사내들과 친하게 지냈다. 성격이 쾌활한 그들은 모두들 브롬을 본보기로 삼고 그를 따랐다. 브롬은 무리를 이끌며 온 동네를 휘젓고 다녔고 그 근방에서 벌어지는 싸움이나 놀이에는 빠지는 일이 없었다. 날씨가 추워지면 통뼈 브롬은 여우꼬리로 장식된 털모자를 쓰고 다녀서 멀리서도 쉽게 눈에 띄었다. 마을에 집회라도 있어 사람들이 함께 모여 있다가 저 멀리서 한 무리의 말

달리는 젊은이들 사이로 눈에 띄는 모자가 흔들리는 걸 발견하게 되면 그들은 한바탕 크게 벌어질 소동에 대비해야만 했다. 종종 브롬과 그의 무리는 한밤중에 돈 코삭스의 기병대처럼 큰 소리를 지르며 농가를 가로질러 뛰어다니곤 했다. 놀라 잠에서 깬 노파들은 잠자코 밖에서 들려오는 소리를 듣고 있다가 무리가 저 멀리 멀어져갔다 싶으면 "내, 통뼈 브롬과 그 무리들일 줄 알았지!" 하고 소리치곤 했다. 마을 사람들은 약간의 두려움과 감탄, 호의 등이 뒤섞인 감정으로 그를 대하며 가까운 곳에서 심한 장난이나 싸움이 일어나면 통뼈 브롬이 그 배후에 있음을 확신했다.

이 망나니 같은 영웅은 최근 자신의 구애 대상으로 아름다운 카트리나를 마음에 두고 있었다. 그 나름대로는 카트리나에게 정중하게 사랑의 몸짓을 보였지만, 다소 투박하고 어설펐던 것 또한 사실이다. 하지만 또 카트리나는 그런 브롬의 구애를 싫어하지 않는 눈치였다. 갑작스러운 그의 출현에 다른 경쟁자들은 뒤로 물러설 수밖에 없었다. 감히 사자의 사랑을 방해할 만큼 용감한 자는 없었던 것이다. 토요일 저녁 반 테셀의 집 앞 말뚝에 브롬의 말이 묶여 있는 게 보이면 그것은 즉 브롬이 한창 구애에 열중하고 있다는, 이른바 '불꽃이 튀고 있다'는 증거이므로 다른 모든 구혼자들은 낙담하여 발길을 돌리거나 그 길로 또 다른 '전선'을 찾아 뛰어들었다.

이카보드 크레인은 이렇듯 만만찮은 남자를 상대해야 했다. 모든 점을 고려해봤을 때 크레인보다 힘이 더 센 브롬이 이 경쟁에서 이길 것이 분명했다. 선생은 통뼈보다 지혜롭기는 했지만 결국 낙담하여 돌아서게 될 터였다. 하지만 그에게는 융통성과 불굴의 의지라는 무기가 있었다. 그는 청사조와 같이 부드러운 몸과 마음을 가지고 있었지만 결코 부러지지 않았다. 자신을 굽힐지언정 꺾이지 않았고, 아주 약간의 무력 앞에서도 몸을 낮추었지만 그 힘이 사라지면 언제 그랬냐는 듯 그어느 때보다 꼿꼿이 고개를 들었다.

이카보드 크레인은 자신의 경쟁자와 정면대결을 펼치는 것은 미친 짓이나 다름없다는 걸 알고 있었다. 폭풍 같은 사랑에 빠진 아킬레스를 이겨낼 수 없듯이 브롬과의 대결도 마찬가지였다. 그래서 이카보드는 조용하고 부드럽게 그리고 교묘하게 여인의 환심을 사는 전략을 택했다. 성가대를 가르치는 교사라는 위치를 십분 활용하여 그녀의 집에 자주 드나들기 시작한 것이다. 그렇게 해서 그는 연인들 사이의 가장 큰 방해꾼인 부모의 오지랖 넓은 간섭으로부터 자유로울 수 있었다.

발트 반 테셀은 관대한 성격의 소유자였다. 그는 딸을 세상 그 무엇보다 사랑했고 합리적이고 훌륭한 아버지답게 무엇이든 그녀가 자신의 일을 스스로 결정할 수 있게 했다. 키가 작은 그의 아내도 집안일을 하고 가금을 돌보느라 바쁜 몸이었다. 그녀의 현명한 소견에 의하면 어리석은 짐승인 오리나 거위는 항상 사람이 돌봐줘야 하지만 딸아이는 가만히 놔둬도 제 앞가림을 알아서 잘한다는 것이다. 반 테셀 부인은 보통 산재한 집안일을 처리하느라 여념이 없고, 그렇지 않으면 베란다로 올라가 물레를 돌리며 오후 시간을 보낸다. 그러면 발트 반 테셀은 그 옆에 자리를 잡고 파이프에 불을 붙여 입에 물고는 맞은 편 헛간 꼭대기 위에서 양손에 칼을 들고 서서 바람에 대적하고 있는 나무로 만든 전사상을 바라보곤 했다. 그 사이 이카보드는 그 집 딸과 함께 느릅나무 아래의 개울가며 석양 속을 거닐었다. 누군가에게 사랑을 속삭이기에 더없이 좋은 때였다.

어떻게 하면 여인의 마음을 얻을 수 있는지는 나도 알 수 없다. 나에게 있어 그들은 언제나 수수께끼와도 같고 놀라움의 대상일 따름이다. 어떤 여인은 단 하나의 정복하기 쉬운 마음의 문이 있는가 하면, 반면에 다른 여인은 마음에 난 길이 수

천 갈래며 그곳에 다가가는 길 또한 수천 가지인 경우도 있다. 전자와 같은 여인을 차지하는 것도 큰 성공이라 할 수 있지만, 후자의 여인을 소유할 수 있다는 것은 더 대단한 능력을 입증해 보이는 것이다. 즉 요새에 난 모든 문이며 창문으로 들어오는 적을 상대해서 무찔러야 하기 때문이다. 평범한 천 개의 마음을 얻는다면 그에 적당한 명성을 얻게 될 것이고, 바람둥이 한 명의 마음을 뒤흔들 수 있다면 그는 진정한 영웅이 되는 것이다. 이런 면에서는 사실 저 가공할만한 통뼈 브롬도 영웅은 되지 못했다. 이카보드 크레인이 앞으로 나서자 브롬에게 가졌던 카트리나의 관심도 현저히 사그라졌다. 브롬의 말이 일요일 저녁 그녀의 집 말뚝에 매여 있는 모습도 더 이상 보이지 않았다. 통뼈 브롬과 슬리피 할로우의 선생 사이의 치열한 싸움은 그렇게 서서히 시작되고 있었다.

브롬은 선천적으로 거친 기사도 정신을 지니고 있었다. 그는 기꺼이 싸움으로 문제를 해결하려 들 것이고, 그렇게 자신의 야망을 이루려 할 것이다. 간결하고 단순한 사고를 하는 옛 무사수행자들의 방식, 즉 단판승부로 끝내려는 심산이었다. 하지만 이카보드는 상대방의 힘을 잘 알고 있었기 때문에 그의 도전에 응하지 않았다. 크레인은 브롬이 자신을 두고 "그녀석을 둘로 꺾어서 교실 선반 위에 내던져버리겠어!"라며 큰 소리 치는 걸 들은 적이 있었다. 하지만 크레인이 워낙 조심성 있게 행동하는 사람이라 브롬에게는 그마저도 기회가 주어지지 않았다. 이런 끈질긴 평화주의 원칙에는 상대방을 극도로 약 올리는 힘이 있었다. 이에 달리 방도가 없었던 브롬은 자신이 가진 기질을 십분 발휘해 크레인에게 야비한 장난을 치기에 이르렀다. 이카보드는 브롬과 그 무리의 괴롭힘의 대상으로 점 찍힌 것이다. 그들의 장난은 도무지 종잡을 수 없었다. 그들은 여태까지 평온하기만 했던 크레인의 영역을 침범했다. 굴뚝을 막아 교실에 온통 연기가 차도록 한다든지, 한밤중에 몰래 학교로 쳐들어가는 식이었다. 이카보드가 만일에 대비해 설치해둔 장어잡이통발형 장치도 아무 소용이 없었던 것 같다. 이카보드는 다음 날 마구잡이로 뒤집어지고 망가진 교실을 보고 간밤에 이 마을 주위의 마녀들이 여기서 집회라도 가진 것인가 하고 생각했다. 하지만 무엇보다 그를 화나게 했던 것은 브롬이 카트리나가 보는 앞에서 자신을 웃음거리로 만드는 것이었다. 브롬은 못된 개 한 마리를 가지고 있었는데, 그는 개에게 세상에서 가장 바보 같은 소리로 우는 법을 가르쳐 이카보드에 못지않은 찬송가 선생이라며 그녀에게 소개시키곤 했다.

두 경쟁자들 사이에 큰 변화 없이 일상은 계속되고 있었다. 어느 화창한 가을날 오후, 이카보드는 그의 작은 왕국에서 학생들의 일거수일투족을 관찰할 수 있도록 교탁 위에 높이 올라 앉아 있었다. 그는 왕좌에 올라앉은 듯하면서도 왠지 수심에 가득한 표정이었다. 절대군주의 막강한 힘을 보여주는 홀처럼 회초리가 그의 손에 쥐어 있었다. 정의의 자작나무 회초리는 말 안 듣는 학생들에게 위협적인 모습으로 왕좌 뒤에 걸려 있었다. 책상 위에는 개구쟁이 학생들로부터 빼앗은 것으로 보이는 잡다한 물건들이 놓여 있었다. 반쯤 먹다 남긴 사과부터 장난감 총, 팽이, 곤충 상자, 종이접기로 만든 싸움닭 같은 것들이었다. 보아하니 방금 전 학생들이 한바탕 크게 혼이 난 게 분명해 보였다. 아이들은 모두들 책 읽는 데 열중하며, 혹은 책을 읽는 척하며 사실은 눈치껏 옆에 앉은 친구와 소곤대고 있었다. 조용한 교실은 조그맣게 웅성대는 소리로 가득했다. 그때 갑자기 이 분위기를 깨고 흑인 한 명이 교실로 들어왔다. 거친 삼베로 만든 옷을 아래위로 걸치고 머큐리의 모자처럼 챙이 없는 모자를 쓰고 있었다. 그가 타고 온 당나귀 또한 꾀죄죄하고 볼품없는 모습이었고 고삐도 없이 밧줄을 이용해 여기까지 몰고 온 것 같았다. 그는 쿵쾅거리며 학교 문을 열고 올라와서는 오늘 밤 반 테셀 씨 집에서 열리는 바느질 모임에 참석해달라는 초대의 말을 전했다. 으레 흑인들이 이런 사소한 심부름에도 마치 자기가 하고 있는 일이 매우 중요한 일인 것처럼 생각하듯이 그는 말과 행동에 한껏 힘을 주고 있었다. 그렇게 말을 전하고는 다른 중요한 일이 있어 서둘러야 한다는 듯이 개울물을 건너 계곡 위로 냅다 당나귀를 달려 사라졌다.

교실은 이미 난장판이 되어 있었다. 학생들은 책을 읽다가도 적당히 쉬운 부분이 나오면 슬쩍 건너뛰었다. 약삭빠른 아이들은 거의 반이나 되는 분량을 뛰어넘고도 선생에게 걸리지 않았고, 굼뜬 아이들도 뒷자리에 앉아 책 읽기를 대충하거나 어려운 낱말은 슬쩍 지나쳤다. 책꽂이에 정돈되지 않은 책들이 여기저기 내팽개쳐졌고 엎질러진 잉크병에 넘어진 의자도 구석구석을 나뒹굴었다. 평소보다 한 시간이나 일찍 마친 덕분에 아이들은 환호의 소리를 지르며 해방감에 젖어 풀밭을 이리저리 달려 나갔다.

카트리나에게 잘 보여야 한다는 생각에 이카보드는 평소보다 30분이나 더 많은 시간을 몸치장하는 데 할애했다. 몸 구석구석을 깨끗하게 씻고 교실에 걸려 있는 깨진 거울 앞에 서서 한 벌밖에 없는 낡은 검정 정장도 깨끗하게 손질했다. 그는 아름다운 여인 앞에 늠름한 기사처럼 등장해야겠다는 생각에 먼저 말을 한 필 빌려야겠다고 생각했다. 그는 현재 묵고 있는 집 주인이며 나이든 네덜란드 농부에다 화를 잘 내기로 유명한 한스 반 리퍼로부터 말을 빌릴 수 있었다. 그렇게 그는 모험을 찾아 떠나는 무사수행자처럼 용감하게 말에 올라탔다. 여기서 나는 이 낭만적인 이야기가 실제로는 어떠했는지 보여주기 위해 이카보드와 그가 탄 말의 모습에 대해 부연설명을 해야겠다. 그가 탄 말은 늙고 병든 쟁기 끄는 말로, 너무 오래 산 탓인지 남은 것이라고는 고약한 성질뿐이었다. 말은 비쩍 말라 쓰러지기 일보직전에다 목이 너무 가늘어 그 위에 달린 머리가 마치 망치처럼 보일 정도였다. 푸석푸석한 갈기와 꼬리털은 더러운 것이 묻어 아무렇게나 엉켜 있었다. 한쪽 눈은 초점을 잃어 언뜻 봐도 흐리멍덩한 게 눈에 띄었고 나머지 한쪽은 반대로 악마가 들어앉은 것 같이 번뜩거렸다. 그래도 그의 이름이 '화약'인 걸 보면 왕년에는 꽤나 잘 나가던 말이었던 게 틀림없었다. 원래 주인의 성격상 험하게 다루긴 했겠지만 사실 그 말은 반 리퍼가 가장 아끼던 말이었다. 그는 자신의 난폭한 기질을 그 말에게도 불어넣었던 게 분명해 보였다. 그 말 또한 이 동네 그 어떤 어린 암망아지보다도 까다로운 성격이었기 때문이다.

이카보드도 이 말과 꽤나 잘 어울리는 모습이었다. 등자를 너무 짧게 걸어 놓고 있어서 말 위에 앉은 무릎이 거의 안장머리에 닿을 듯했다. 그의 뾰족한 팔꿈치는 마치 메뚜기를 연상케 했고 수직으로 손에 쥔 채찍은 왕의 홀처럼 보였으며 말이 천천히 걸음을 옮길 때마다 움직이는 그의 팔은 마치 퍼덕이는 두 쌍의 날개와 다름없었다. 작은 털모자는 좁은 이마를 가리기 위해 콧등까지 눌러썼고 말의 꼬리까지 가 닿을 정도로 긴 그의 코트자락은 바람에 펄럭이고 있었다. 그런 모습으로 이카보드와 말은 한스 반 리퍼의 집을 비틀거리며 나서고 있었는데, 이야말로 대낮에는 좀처럼 보기 힘든 기괴한 유령의 모습 바로 그것이었다.

이미 언급했듯이 때는 화창한 가을날이었다. 하늘은 구름 한 점 없이 맑았고 온세상은 황금색의 옷을 맞춰 입고 풍요로웠다. 숲은 전체적으로 노란색과 갈색의 조화를 이루며 군데군데 서리를 맞은 나무들이 오색찬란한 빛을 발하고 있었다. 하늘에는 야생오리가 줄지어 날아갔다. 너도밤나무와 호두나무숲 사이에서 다람쥐가 소리를 내고 그루터기만 남은 인근 풀밭에서는 메추라기의 구슬픈 울음소리도 들려왔다.

작은 새들은 일과를 끝내고 각자의 집으로 돌아가려는 듯 서로에게 인사를 주고받았다. 숲에서 숲으로, 나무에서 나무로 옮겨다니며 흥에 겨운 듯 지저귀고 장난치며 자연의 풍요로움을 만끽했다. 초보 사냥꾼이 가장 좋아하는 사냥감인 방울새는 무엇인가 불만인 듯한 소리로 울었다. 지빠귀는 짙은 구름 사이를 날아다니며 지저귀고 있었다. 황금빛 날개에 붉은 볏을 단 딱따구리는 목에는 검은색 모도리를 두고 화려한 깃털을 뽐냈다. 빨간 날개와 노란 꼬리를 가진 여새는 사냥용 모자 같은 깃털을 내보였다. 어치는 푸른색과 흰색의 화려한 조화를 이루며 예의 그 왁자지껄하면서도 멋쟁이의 자태를 과시하고 있었다. 이렇게 한데 모여 소리를 지르고 재잘거리고 서로에게 인사를 하듯 고개를 까닥이며 숲 속의 모든 명금이 사이좋게 어울렸다.

이카보드는 천천히 길을 가고 있었다. 맑은 가을날의 풍경이 그의 앞에 펼쳐져 있었다. 그의 눈에는 이 모든 풍요로움이 요리의 재료로 쓰일 수 있다는 생각에 하찮게 보이는 것이 하나도 없었다. 사방에 사과가 널려 있었다. 아직 따지 않아 나무에 주렁주렁 열려 있는 것이 있는가 하면, 어떤 것들은 시장에 내다 팔 것인지 바구니와 통에 담겨 있었고 또 얼마만큼은 사과즙을 내기 위해 따로 한가득 쌓여 있었다. 더 먼 곳에는 광활하게 펼쳐진 옥수수 밭이 눈에 들어왔다. 노란 옥수수 알이 껍질 사이로 고개를 내밀어 조만간 맛있는 빵이나 푸딩으로의 변신을 약속하는 것 같았다. 그 아래에는 누런 호박이 잘 익은 배 위로 햇살을 받으며 가장 호사스러운 파이로 만들어질 때를 기다리고 있었다. 이카보드는 곧 향기로운 냄새를 풍기는 메밀밭에 이르렀다. 벌꿀 내음을 맡으며 그의 머릿속에는 버터와 꿀, 당밀을 듬뿍 바른 맛있는 핫케익이 떠올랐다. 그의 상상 속에서 카트리나 반 테셀의 작고 고운 손이 핫케익을 만들 준비를 하고 있었다.

이런 수많은 달콤한 상상을 하며 그는 허드슨 강의 풍경이 내려다보이는 언덕길을 따라가고 있었다. 거대한 둥근 태양이 서쪽으로 기울고 있었다. 간혹 잔물결이 일고 먼 산에서 내려온 푸르스름한 그림자가 길게 드리운 테판지가 보였다. 드넓게 펼쳐진 테판지의 표면은 유리처럼 고요하게 빛나고 있었다. 머리 위에는 노란 호박 빛의 구름 몇 점이 미동도 없이 떠 있었다. 태양은 지평선에서 황금색으로 모습을 숨기고 있었고 그 주변으로 풋사과 같은 초록과 쪽빛으로 물든 하늘이 서서히 번져가고 있었다. 강을 따라 절벽이 듬성듬성 솟아 있었다. 절벽 위에 자란 나무들 사이로 마지막 볕이 비스듬히 저물어가고 어두운 회색빛과 자줏빛으로 물든 암벽은 더욱 짙어지고 있었다. 멀리서 외돛단배 하나가 물 위를 떠가고 있었다. 강물이 흘러가는 대로 몸을 맡긴 채, 이런 날이라면 별 쓸모도 없어 보이는 돛을 달고 강물 표면에 비치는 하늘 위를 미끄러지고 있었다.

이카보드는 저녁 무렵이 다 되어서야 반 테셀의 집에 도착했다. 인근 마을의 선남선녀들도 삼삼오오 무리를 이뤄 모여 있었다. 야위고 거친 얼굴을 한 농부들은 집에서 손수 만든 코트와 반바지에 푸른색 스타킹과 신발을 신고 화려한 장식의 백랍 버클을 두르고 있었다. 쭈글쭈글한 피부의 활기찬 아낙들도 잘게 주름이 잡힌 모자를 쓰고 허리 부분이 길게 만들어진 짧은 가운과 집에서 만든 스커트를 입고 있었다. 옷 바깥으로는 가위며 바늘방석, 옥양목으로 만든 화려한 주머니 따위가 달려 있었다. 건강하고 쾌활한 젊은 여인들은 거의 그들의 어머니만큼이나 구식 옷차림이었지만 밀짚모자며 리본 장식, 하얀색 드레스를 입은 모습에서 도시의 유행을 따르고 있다는 걸 알 수 있었다. 젊은 남자들은 밑단이 각진 코트를 입고 커다란 황동 단추장식을 달고 당시 유행에 따라 가르마를 탄 머리모양을 하고 있었다. 특히 그 모양을 계속 유지하기 위해서는 뱀장어 기름이 필요했는데, 모발에 영향을 공급하고 머리털을 건강하게 유지시켜준다 하여 그들 사이에서 이 기름은 매우 귀하게 여겨졌다.

하지만 뭐니뭐니해도 그곳의 주인공은 통뼈 브롬이었다. 그는 사람들이 모여 있는 곳에 자신이 애지중지하는 말 '만용'을 타고 들어섰다. 만용은 주인처럼 성깔이 대단했고 항상 문제를 일으키는 놈으로 오직 브롬만이 그 말을 다룰 줄 알았다. 그는 사실 거친 동물을 다루기 좋아하는 것으로 유명했다. 자칫하다가는 기수의 목을 부러뜨릴 수도 있을 만큼 위험한 재주도 곧잘 부리곤 했다. 길들이기 쉽고 온순한 말은 젊은이와는 어울리지 않는다는 것이 그의 생각이었다.

나는 우리의 주인공인 이카보드 크레인이 반 테셀의 거실에 들어서자마자 넋을 잃고 바라볼 수밖에 없었던 그곳의 매력적인 모습을 잠시 묘사하고자 한다. 화사한 색깔로 한껏 치장한 마을 아가씨들에 대해서 얘기하자는 게 아니다. 나는 지금 모든 것이 풍족한 가을에나 볼 수 있는 전통 네덜란드식 다과의 매력에 대해서 말하려는 것이다. 오직 경험 많은 네덜란드 주부만이 만들 수 있는, 모두 다 열거할 수 없을 정도로 다양한 종류의 케이크에 대해서 말이다! 단단한 도넛, 부드러운 튀김, 바삭바삭하게 구운 꽈배기, 달콤한 케이크, 쇼트케이크, 생강 케이크, 꿀 케이크 등 모든 종류의 케이크가 다 준비되어 있었다. 뿐만 아니라, 애플파이, 복숭아 파이, 호박 파이도 있었다. 그 옆으로는 햄과 훈제 쇠고기가 놓여 있었다. 거기다 자두와 복숭아, 배, 마르멜로 열매를 설탕에 절여서 접시 위에 한가득 준비해두었다. 청어구이와 닭고기 구이는 말할 것도 없다. 우유와 크림이 커다란 그릇에 담겨 있었고 정겨운 모양의 찻주전자에서는 김이 모락모락 피어나고 있었다. 어디에 쉼표를 찍어야 할지! 이 향연에 대해 좀 더 시간을 가지고 자세히 얘기해보고 싶지만 그리고 충분히 그럴만한 가치가 있는 일이지만 이카보드 크레인은 그의 전기 작가인 필자처럼 크게 서두르는 성격이 아니었기 때문에 이 모든 것을 느긋하게 즐기고 있었다.

그는 천성이 착하고 대접받은 것에 고마워할 줄 아는 사람이었다. 좋은 음식으로 배를 채울 수 있으면 그의 마음도 풍족해진다. 다른 사람들이 술을 마시면 기분이 좋아지는 것처럼 그는 음식으로 배를 채우고 나면 기분이 좋아지곤 했다. 그는 음식을 먹으면서도 커다란 눈을 이리저리 굴려가며 거실을 둘러보느라 바빴다. 상상하기도 어려울 정도로 웅장하고 화려한 이곳을 언젠가 자신이 소유하게 될 수도 있다는 생각에 혼자서 기분이 좋아졌다. 그렇게만 된다면 하루라도 빨리 그 학교 건물에서 나와 한스 반 리퍼를 비롯해 자신에게 쩨쩨하게 굴던 모든 후원자들을 경멸하는 태도로 대할 수 있을 테고, 그를 같은 급으로 생각하는 떠돌이 교사라도 찾아오면 괜한 건방이라도 떨며 당장에 내쫓아버려야겠다는 생각을 하고 있었다.

발터스 반 테셀 노인은 모든 것이 만족스럽다는 듯 기분 좋은 표정으로 사람들 사이를 오갔다. 그의 얼굴은 기쁨에 보름달처럼 둥글고 환한 표정이었다. 그가 손님들을 대접하고 배려하는 모습은 간소하되 대충하거나 형식적이지 않았다. 악수를 나누고 어깨를 두드리거나 크게 웃음을 터뜨리기도 하면서 "마음껏 드시고 즐기다 가십시오." 하며 친절을 베풀고 있었다.

잠시 후 거실에서 음악소리가 들려왔다. 사람들은 춤을 추기 위해 하나둘씩 앞으로 나왔다. 음악을 연주하는 사람은 머리가 허옇게 샌 늙은 흑인으로 벌써 50년이 넘는 시간동안 이 근방에서 활동하고 있는 떠돌이 연주자였다. 그의 악기는 주인과 함께 풍파를 거치며 한참 낡아 있었다. 그는 고작 두세 가닥의 줄만 가지고도 훌륭한 연주를 해냈다. 머리를 이리저리 움직이며 연주에 심취해 있다가도 새로운 한 쌍의 남녀가 춤을 추기 위해 앞으로 나오면 바닥에 머리가 닿을 듯 고개를 숙여 인사를 건네고 발을 구르며 흥을 돋았다.

이카보드는 자신의 노래실력에 더해 사람들 앞에서 춤솜씨까지 뽐냈다. 온몸의 근육 하나하나를 쉬지 않고 움직였다. 그가 긴 팔다리를 너울너울 움직이며 방안을 활보하는 모습을 보고 있자면 마치 눈앞에 성 바이투스가 살아 돌아온 듯한 착각을 불러일으킬 정도였다. 모든 흑인들이 그를 찬탄의 눈으로 바라봤다. 남녀노소를 불문하고 근처 농장에서 몰려든 그들은 출입구며 창문에 달라붙어 이카보드의 춤을 구경하고 있었다. 피라미드처럼 모여 있는 까만 얼굴에서 환희의 표정이 번져나갔다. 하얀 눈알은 이카보드의 동선을 따라 바삐 움직였고 상아같은 흰 치아가 죄다 보일 정도로 환한 미소가 귀밑까지 걸려 있었다. 학교에서 엄격한 교사라고는 하지만 어찌 이런 자리에서 고무되어 즐기지 않을 수 있겠는가? 이카보드가 마음에 두고 있는 여인, 즉 카트리나가 그의 춤 상대였다. 그녀는 이카보드가 던지는 추파에 환한 미소로 화답하며 함께 발을 맞추고 있었다. 한쪽 구석에서는 통뼈 브롬만이 질투심에 불타올라 의미심장한 눈빛으로 그 둘을 바라보고 있었다.

춤이 끝났을 때 한 무리의 남자들이 베란다에서 점잔을 빼고 앉아 있는 게 이카보드의 눈에 띄었다. 그들은 반 테셀 노인과 함께 담배를 피우며 흘러간 옛날 얘기나 독립전쟁 당시의 경험담을 장황하게 늘어놓고 있었다. 여기에 대해 잠시 언급하자면, 이 고장은 그 당시 역사적으로 중요한 사건이나 인물들이 많아 유명했던 곳이다. 독립전쟁이 한창이던 때 영국군과 미국군이 주둔하던 땅의 경계선이 이곳을 지나갔다. 때문에 약탈과 범죄가 자행되던 곳이기도 하고 망명자, 카우보이 그리고 국경지대에서 볼 수 있는 온갖 종류의 정의의 용사들이 들끓었던 곳이기도 하다. 시간이 흘러 당시의 기억들은 많이 희미해졌다. 이야기를 들려주는 사람들도 명확하게 기억나지 않는 부분이 많았다. 이럴 때는 자신의 경험이라며 얼렁뚱땅 말을 지어내어 스스로를 치열했던 현장의 주인공으로 치켜세우곤 했다. 도퓨 마틀링이라는 사람의 이야기도 이런 종류의 것들 중 하나였다. 푸른색 수염을 기른 네덜란드인으로, 그의 이야기에 의하면 그는 낡은 9파운드짜리 포탄을 사용하여 진흙으로 쌓아올린 흙벽에서 영국의 구축함을 상대했다. 마지막 여섯 번째 포탄을 쏠 때 총신이 파열되지만 않았어도 자신이 그 배를 침몰시킬 수 있었다는 게 그의 주장이었다. 또 다른 이야기의 주인공은 네덜란드인 노신사로, 그의 성공한 현재 삶과 사회적 위치를 감안하여 이름을 밝히지 않는 편이 좋을 것 같다. 여하튼 그 무명씨는 날아오는 총알을 작은 칼 하나로 막아냈다는 전설적인 방어술의 대가였다. 그는 총알이 칼날에 튕겨 손잡이를 스치듯 비켜나간 것을 확실히 느꼈다고 했다. 그 증거로 그는 손잡이가 약간 휘어진 칼을 언제든 보여줄 수 있다고도 했다. 이들 말고도 전쟁터에서의 유사한 경험을 가진 사람들은 꽤 있었다. 그들은 하나같이 자신이 단지 전쟁에 참여한 수준이 아니라 전쟁을 종식시키는 데 결정적인 역할을 했노라 주장했다.

하지만 이 모든 무용담도 뒤를 이어 나올 유령 이야기에는 상대가 되지 않았다. 이 마을 주변에는 이런 오싹한 전설들이 수도 없이 전해져왔다. 미국 대부분의 지역에서는 사람들이 여기저기로 이주해가는 이유로 마을의 전설이나 미신 같은 것들이 발에 밟혀 사라지기 십상이었다. 하지만 이렇게 세상과 동떨어져 후미진 곳에서는 그런 것들이 오랫동안 보존되어 전해진다. 유령들이 무덤 속에서 잠시 낮잠에 들어 몸을 뒤척일 새도 없을 만큼 빠르게 사람들은 마을로 들어왔다 다시 나가버린다. 유령이 잠에서 깨어나 사람들을 놀래키려고 보면 전에 보지 못하던 새로운 사람들이 그들 앞에 서 있는 것이다. 하지만 그들도 그렇게 잠시 후 다른 지방으로 옮겨가버리는데 전설이나 미신 따위가 후세에 전해질 리 만무한 것이다. 오랫동안 이어져온 네덜란드 이주민 사회를 제외하고는 미국 내에서 유령 이야기 하나 듣기가 쉽지 않은 이유가 바로 여기 있었다.

하지만 이 마을에서 초자연적인 이야기가 만연하게 된 가장 직접적인 이유는 당연히 슬리피 할로우 때문이다. 이렇게 으스스한 장소에서 불어오는 바람에는 사람들을 홀리는 무언가가 있었다. 그것이 이 마을을 온갖 몽상과 환상으로 물들이고 있는 것이다. 반 테셀의 만찬에 참석한 사람들 중에서도 슬리피 할로우 출신들이 꽤 있었다. 그 사람들은 타지 사람들을 만나면 흔히들 그렇듯 자신들이 살고 있는 지역의 전설에 대해 이야기보따리를 풀어놓곤 했다. 앙드레 소령이 체포된 곳이

라 전하는 커다란 나무가 이 근방에 있는데, 아직도 종종 그 옆을 지나가는 장례행렬이 목격된다거나 그들이 내는 울음소리와 통곡소리가 들려온다는 둥 여러 가지 오싹한 이야기들을 들려주었다. 레이븐 로크의 어두컴컴한 골짜기에 하얀 소복만 입고 출몰한다는 여인의 이야기도 있었다. 언젠가 눈보라가 휘몰아치던 날 온데간데없이 사라져버린 그 여자의 날카로운 비명소리가 겨울밤 폭풍우가 몰아치기 전에 어김없이 들려온다고 했다. 하지만 분위기가 무르익으면 우리의 저 유명한 슬리피 할로우의 머리 없는 기사의 전설이 꼭 등장하게 마련이다. 늦은 밤이면 그가 온 마을을 헤집고 돌아다니는 소리가 들리고, 교회마당의 공동묘지 사이에는 그의 말이 밤새도록 밧줄로 매여 있다는 것이다.

이 교회는 마을과 멀리 떨어져 한적한 곳에 지어졌는데, 유령들이 이곳에 자주 출몰하는 것도 다 이런 지리적 특징 때문인 것으로 보인다. 교회는 언덕 위에 핀 아카시아와 높이 솟은 느릅나무 숲에 둘러싸여 있었다. 나무들 사이로 새하얀 회벽 건물이 조용히 빛을 발하고 있는데, 마치 종교적 순수함이 어둠 속에서 밝게 빛나는 것처럼 보였다. 그곳에서 시작된 언덕이 나지막한 경사를 이루며 은빛 호수에 맞닿아 있고, 높은 경계선을 만들어내는 나무들 사이로 허드슨 강 주변의 푸르른 구릉지가 언뜻 모습을 드러냈다. 햇살이 조용히 내려앉은 초록의 잔디밭을 바라보고 있노라면 죽은 영혼도 이곳에서만큼은 평온히 쉴 수 있을 것 같다는 느낌을 받았다. 교회의 한쪽 옆으로는 수풀이 우거진 넓은 골짜기가 펼쳐져 있었고 그 사이로 커다란 계곡물이 바위며 쓰러진 나무들 사이를 헤집고 사납게 흐르고 있었다. 교회에서 그리 멀지 않은 곳에, 예전에는 이 시커먼 계곡물 위로 나무로 만든 다리가 세워져 있었다. 그 다리와 이어진 길은 울창한 숲에 가려 낮에도 빛이 들지 않았고 밤이 되면 누구나 공포감을 느낄 정도로 칠흑 같이 어두워졌다. 바로 이곳이 머리 없는 기사가 가장 자주 출몰한다고 알려진 곳 중 하나였고 실제로 사람들에게 자주 목격되기도 했다. 이와 관련해서 브라우워라는 노인의 이야기가 전해지는데 그는 평소에 유령 따위는 전혀 믿지 않는 사람이었다. 어느 날 우연히 슬리피 할로우를 찾았다가 그는 목 없는 기사와 맞닥뜨리게 되었다. 기사는 강제로 그를 말에 태운 뒤 숲이며 덤불 사이를 냅다 달리기 시작했고 언덕과 늪을 지나서 바로 그 다리에 다다르게 되었다. 그러자 기사는 갑자기 해골로 변하더니 늙은 브라우워를 개울물에 내꽂아버리고는 눈 깜짝할

순간에 나무들 위를 뛰어넘어 사라져버렸다는 것이다.

이야기를 듣고 있던 통뼈 브롬은 그런 이야기는 아무것도 아니라는 식으로 자신이 겪었던 놀랄 만한 경험담을 들려주었다. 그는 망나니처럼 여기저기를 쏘다니는 헤센 기병을 순전히 사기꾼이라며 애써 얕잡아보는 듯한 태도로 말을 이었다. 그가 싱싱이라는 이웃 마을에 다녀오는 길이었는데 암흑 속에서 나타난 기사가 그를 따라오더라는 것이다. 그는 펀치 한 통을 내기로 걸고 기사에게 경주를 제안했다. 브롬이 내기에서 이길 것은 뻔한 사실이었다. 브롬의 말 만용이 그 기병의 말을 경주 내내 앞질렀기 때문이다. 하지만 그들이 막 교회 앞 다리에 다다랐을 때 헤센 기병은 갑자기 도망치듯 방향을 바꿔 발화하는 작은 불기둥 뒤로 사라져버렸다고 했다.

어두운 곳에서 이런 이야기가 오고갈 때 으레 그렇듯 사람들의 목소리는 낮게 깔려 음침하게 들렸다. 이야기를 듣고 있는 사람들의 얼굴에는 담배 파이프의 깜빡이는 불빛만이 어슴푸레 빛나고 있었다. 이 모든 것이 이카보드의 가슴속 깊이 와 닿고 있었다. 이카보드 또한 가장 사랑하는 작가인 코튼 마더의 책에서 몇 가지 이야기를 골라 들려주었다. 그의 고향인 코네티컷에서 일어났던 신비한 이야기라든지 그가 슬리피 할로우 부근을 지나다 봤던 무서운 광경에 대한 이야기도 곁들였다.

연회는 서서히 막을 내리고 있었다. 나이든 농부들은 가족들을 불러 모아 마차에 태우고는 골짜기 사이로 난 길을 따라 멀리 보이는 언덕 쪽으로 돌아갔다. 시골 처녀들은 각자 자신이 점찍어둔 청년들의 말 뒷자리에 올라 집으로 향했다. 그들의 유쾌한 웃음소리와 달그닥거리는 말발굽 소리가 한데 섞여 고요한 숲속에서 메아리쳤다. 그 소리도 점점 작아지더니 그들의 모습과 함께 사라졌다. 왁자지껄하게 웃고 떠드는 소리는 완전히 가시고 반 테셀의 집 앞에는 고요한 적막이 감돌았다. 이카보드 크레인만이 홀로 남아 있었다. 시골 마을 풍습에 따라 아름다운 그의 여인과 함께 잠시나마 밀애의 시간을 가지려던 심산이었다. 그는 거의 그녀의 마음을 얻은 것이나 마찬가지라고 확신했다. 그들이 만나서 어떤 이야기를 나누었는지 나로서는 알 수 없다. 하지만 확실하게 말할 수 있는 것은 무엇인가 단단히 잘못되고 있었다는 것이다. 그녀와 이야기를 나누기 시작한 지 채 얼마 되지 않아 이카보드는 비참하고 낙담한 얼굴로 자리를 박차고 일어나버렸다. 그녀의 어떤 말이 이 불쌍한 선생을 이토록 힘들게 했던 것일까? 아, 여자들이란 도무지 알 수 없는 존재다. 그녀는 정녕 그의 마음을 가지고 논 것에 불과하단 말인가? 사실은 통뼈 브롬을 정복하기 위한 수단으로 그의 경쟁자인 이카보드를 이용했던 것에 불과하단 말인가! 도무지 알 수 없는 일이지만 이 정도로 정리를 하는 게 어떨까 싶다. 적어도 그는 아름다운 여인의 마음을 훔치러 온 멋진 기사의 모습이 아니었다. 오히려 마치 닭서리를 하러왔던 사람처럼 그렇게 조용히 뒤돌아섰다는 게 정확한 표현이리라. 그가 그렇게나 즐거운 마음으로 바라보던 이곳 전원의 아름다움을 둘러볼 여유도 없었다. 그는 곧장 마구간으로 향했다. 잠들어 있던 말을 힘껏 때리고 발로 걸어차서 깨웠다. 화약은 한참 달콤한 꿈에 빠져 있던 참이었다. 옥수수며 귀리 밭이 펼쳐진 산등성이에서부터 큰조아재비와 토끼풀로 가득한 계곡을 뛰노는 꿈이었다.

이카보드는 무거운 마음을 안고 집으로 돌아가고 있었다. 밤은 깊어 마치 귀신이라도 나올 것만 같은 분위기였다. 몹시 낙담한 이카보드는 무거운 마음을 안고 집으로 향하는 발길을 재촉했다. 길옆으로는 높이 솟은 언덕이 테리타운을 내려다보고 있었다. 오늘 오후 그가 그토록 기쁜 마음으로 지나던 곳이었다. 주위에 흐르는 분위기는 이카보드 자신만큼이나 음울했다. 저 아래로 테판지의 강물이 흘러가는 모습이 희뿌옇게 보였다. 여기저기 높이 돛을 올린 범선이 조용히 강물의 표면 위에 떠 있었다. 쥐죽은 듯 조용한 밤이었다. 허드슨 강의 맞은편 강가에서 개 짖는 소리가 이곳 반대편까지 들려왔다. 하지만 희미하고 어슴푸레 들려오는 소리로는 이 인간의 충성스러운 친구가 어느 정도 거리에 떨어져 있는지만 겨우 가늠해볼 수 있었다. 이따금씩 문득 잠에서 깬 수탉이 길게 목청을 빼서 우는 소리가 언덕들 사이의 어느 농가에서 들려왔다. 하지만 이카보드의 귀에는 이 모든 것이 꿈속에서 일어나는 일인 것처럼 느껴졌다. 주위에 살아 있는 것이라곤 오직 이카보드 자신뿐인 것 같았다. 가끔씩 구슬프게 우는 귀뚜라미 소리가 들리거나 근처 늪에서 황소개구리가 마치 잠자리가 불편해 몸을 뒤척이듯 걸걸한 소리를 내곤했다.

저녁 시간에 들었던 온갖 유령과 악마에 관련된 이야기가 떠올라 이카보드의 머릿속을 뒤덮었다. 밤은 점점 깊어만 갔다. 하늘에 떠 있는 별들은 심연 속에 가라앉고 구름 속으로 그 모습을 감추고 있었다. 전에 없던 외로움과 우울함이 그를 감쌌다. 게다가 그는 수많은 유령 이야기들이 탄생한 바로 그 장소로 향하는 중이었다. 커다란 튤립나무가 길 한가운데 서 있었다. 거인처럼 높게 자란 그 나무는 주위의 다른 나무들 사이에서도 쉽게 눈에 띄었다. 가지는 온통 옹이 투성이었다. 다른 평범한 나무들의 몸통만큼이나 굵게 자라 거의 땅에 닿을 정도로 굽었다가 다시 하늘을 향해 뻗어 있었다. 이 나무는 불운한 앙드레 소령의 비극과도 관련이 깊었다. 그가 체포되었던 곳이 바로 이 나무 근처였고 그런 연유로 이 나무는 앙드레 소령의 나무라는 이름으로 널리 알려져 있었다. 사람들은 존경심과 미신적인 마음을 가지고 이 나무를 바라보았다. 이 나무와 같은 이름을 가진 사람의 불행한 운명에 대한 동정심 때문이기도 했고, 한편으로는 이 근처에서 목격되는 이상한 물체와 슬픔에 찬 울부짖음 때문이기도 했다.

이카보드는 이 음산한 기운이 느껴지는 나무에 가까워지자 무서운 마음에 휘파람을 불기 시작했다. 그는 누군가 자신의 휘파람 소리에 응답한 것처럼 느껴졌다. 하지만 그것은 그저 마른 나뭇가지를 지나는 날카로운 바람소리에 불과했다. 나무에 조금 더 가까워졌을 때 그는 무엇인가 허연 물체가 나뭇가지 중간에 걸려 있는 걸 봤다고 생각했다. 그는 말을 멈추고 휘파람 부는 것도 멈춘 채 그곳을 자세히 바라보았다. 벼락을 맞아 갈라진 나무 사이에서 허연 속살이 드러난 게 보였다. 갑자기 어디선가 길고 낮은 신음소리가 들려왔다. 공포감에 이가 서로 부딪히며 딱딱 소리를 냈다. 다리가 덜덜 떨리며 안장머리에 닿아 덜거덕거리는 소리가 날 정도였다. 하지만 이번에도 그저 커다란 나뭇가지가 바람에 흔들려 다른 가지 위에 마찰되는 소리에 불과했다. 그는 무사히 그 나무를 지나갈 수 있었다. 하지만 그의 앞길에는 또 다른 무언가가 몸을 숨긴 채 이카보드 크레인을 기다리고 있었다.

　나무에서 약 200야드 떨어진 곳에 작은 개울물이 흐르고 있었다. 도로를 가로지른 다음 와일리즈 스왐프라고 불리는 질척하고 나무들로 우거진 협곡으로 흘러들어갔다. 개울물 위로는 통나무 몇 그루를 나란히 놓아 다리로 사용하고 있었다. 물이 숲으로 흘러들어가는 길가에는 포도덩굴이 참나무와 밤나무에 휘감겨 마치 아치형 동굴처럼 어두운 지대를 만들었다. 이 다리를 건넌다는 것은 가혹한 시련과 같았다. 앙드레 소령의 운이 다해 결국 체포되고 말았던 곳도 바로 이 지점이었다. 나무와 덩굴이 한데 뒤엉킨 덤불숲 아래에서 그 억센 군민들이 숨어 있다가 그가 모습을 보이자 바로 잡아버린 것이었다. 밤늦게 이곳을 지나야 하는 학생들은 이곳에서 유령이 출몰한다 하여 겁에 질리곤 했다.

이 개울가에 가까이 가 닿을수록 이카보드의 심장은 쿵쾅거리며 뛰기 시작했다. 그는 용기를 내어 말을 달려 다리를 건너려고 했다. 결의에 찬 말의 옆구리를 적어도 열 번은 걷어찬 것 같다. 하지만 이 망나니 같은 말은 직진하는 대신에 옆으로 기우뚱하더니 울타리 옆면을 따라 달리기 시작했다. 어서 빨리 이곳을 벗어나고 싶은 마음에 더욱 겁에 질리고 만 이카보드는 이제 반대편으로 고삐를 잡아채며 말의 반대쪽 옆구리를 냅다 걷어찼다. 하지만 소용없는 일이었다. 말이 움직이긴 했으나 이번에는 길 반대편으로 방향을 틀어 찔레며 오리나무가 우거진 덤불 속으로 뛰어들고 말았던 것이다. 선생은 화약의 깡마른 갈비뼈에 채찍질과 발길질을 꽂아 넣었다. 말은 쉭쉭 소리를 내고 콧김을 내뿜으며 속력을 내 달려 나갔다. 하지만 그렇게 다리 앞에 이르자 말이 갑자기 멈춰 서버리는 바람에 이카보드는 하마터면 말 머리 쪽으로 굴러 나가떨어질 뻔했다. 바로 그때였다. 이카보드의 예민한 귀에 다리 바로 옆에서 철벅거리는 누군가의 발소리가 들려왔다. 개울 가장자리의 어두운 숲 그늘 속에서 무언가 기형적으로 커다란 검은 형체가 위협적인 모습으로 서 있는 게 눈에 들어왔다. 움직임은 없었지만 거대한 괴물은 금방이라도 이카보드를 덮치려는 듯이 몸을 도사리고 있었다.

겁에 질린 선생은 머리털이 쭈뼛쭈뼛 서는 게 느껴졌다. 이제 어떻게 해야 한다? 뒤돌아서서 그대로 도망쳐버리기엔 너무 늦은 것 같았다. 게다가 바람이라도 타고 쏜살같이 날아오를 것 같은 저 유령인지 괴물인지로부터 도망친다는 게 가능하긴 할까 싶었다. 그래서 그는 있는 용기 없는 용기를 다 짜내어 더듬거리며 물었다.

"누구냐 넌?"

아무 대답이 없었다. 그는 더욱 떨리는 목소리로 재차 물었다. 하지만 이번에도 아무 대답이 없었다. 그는 다시 한 번 이 요지부동인 화약의 옆구리를 걷어차고는 눈을 딱 감고 무작정 찬송가를 부르기 시작했다. 그러자 이 검은 형체도 움직임을 보였다. 그것은 단번에 획하고 날아오르더니 길 한복판에 버티고 섰다. 어두컴컴하고 음침한 밤이었지만 이 낯선 자의 윤곽을 어느 정도 구분할 수 있었다. 커다란 덩치의 남자가 역시 위협적이고 커다란 체구의 검은 말 위에 올라탄 모습이었다. 그는 훼방을 놓으려는 것인지 혹은 친하게 지내자는 것인지, 아무런 태도를 보이지 않고 있었다. 다만 그는 말 위에 올라탄 채 화약의 보이지 않는 눈 쪽에서 왔다 갔다 할 뿐이었다. 화약도 더 이상은 고집을 부리지 않고 얌전히 서 있었다.

이런 한밤중에 누군가와 맞닥뜨리게 되는 것이 이카보드에겐 썩 내키지 않는 일이었다. 게다가 요전에 통뼈 브롬과 헤센 기병 사이에 있었다던 이상한 일도 떠올라 이카보드는 저 말 탄 남자를 따돌리기 위해 말을 달리기 시작했다. 하지만 이 낯선 형체도 선생과 똑같은 속도로 따라오기 시작했다. 그래서 이카보드는 말의 고삐를 당겨 속도를 늦추었다. 천천히 말을 몰아 낯선 형체를 앞으로 보내고 자신은 뒤처지려는 생각이었다. 하지만 이번에도 상대는 그와 똑같이 행동했다. 이카보드는 심장이 덜컹하고 내려앉는 것만 같았다. 그는 다시 찬송가를 불러보려 했지만 바싹 말라버린 혀가 입천장에 달라붙어 한 소절도 입 밖으로 내지 못했다. 이 끈질긴 녀석의 기분 나쁜 침묵에는 어딘가 기괴하고 소름끼치는 면이 있었다. 잠시 후 선생은 그 이유를 알 수 있었다. 그들이 언덕 위에 다다르자 거인처럼 큰 키에 망토로 온 몸을 감싸고 있는 그의 윤곽이 뚜렷하게 드러났는데 이카보드가 기겁하지 않을 수 없던 것은 그의 머리였다. 당연히 어깨 위에 있어야 할 머리가 말 안장머리에 놓여 있는 게 아닌가!

이카보드는 거의 절망감에 사로잡혀버렸다. 손이든 발이든 상관없었다. 그는 닥치는 대로 말을 때리고 걷어찼다. 이카보드는 그렇게 기습적으로 말을 몰았다. 갑자기 움직이면 목 없는 기사를 따돌릴 수 있을 것 같았기 때문이다. 하지만 요괴도 그를 놓치지 않고 크게 뛰어올랐다. 그들은 앞에 무엇이 가로막혀 있든 상관 않고 전속력으로 달리기 시작했다. 말발굽을 내디딜 때마다 돌멩이가 튀고 불꽃이 일었다. 이카보드는 있는 힘껏 달아나려 했다. 말의 목이 있는 데까지 몸을 뻗어 세웠다. 그의 호리호리하고 길쭉한 몸에 걸친 낡은 옷이 바람에 펄럭였다.

그들은 슬리피 할로우로 접어드는 길에 다다랐다. 하지만 화약은 악마에 홀려버린 것인지 앞으로 계속 나아가지 않고 몸을 왼쪽으로 틀어 언덕 아래로 내달렸다. 4분의 1마일이나 되는 길이 숲속의 나무 그늘 아래로 이어져 있었고 그 끝에는 검은 골짜기가 있었다. 저 멀리 푸른 언덕 위로 회백 칠을 한 교회건물이 보였다. 그곳으로 가는 길목에 괴담으로 유명한 바로 그 다리가 있었다. 말도 겁에 질린 탓인지 말 다루는 솜씨가 좋지 않은 선생이 타고 있음에도 불구하고 그들은 앞서 달리고 있었다. 하지만 막 골짜기의 절반쯤 다다랐을 때 안장을 고정시키고 있던 뱃대끈이 풀려 느슨해지더니 그가 앉은

자리 바로 밑에서 스르륵 미끄러져 나가는 게 느껴졌다. 그는 안장머리를 잡고 뱃대끈이 풀어지는 걸 막아보려 했지만 소용없었다. 안장이 떨어질 때 그는 말의 목을 껴안아 겨우 말에서 떨어지지 않을 수 있었다. 땅에 떨어진 안장이 말발굽에 밟혀 뭉개지는 소리가 들렸다. 순간 한스 반 리퍼가 노발대발하는 모습이 머리에 떠올랐다. 떨어진 안장은 한스 반 리퍼가 매우 아껴 휴일에만 사용하는 것이었기 때문이다. 하지만 지금은 그런 사소한 것에 신경을 쓸 때가 아니었다. 유령이 그의 뒤를 바짝 쫓고 있었고 그는 말 등에 제대로 붙어있는 것만 해도 힘에 부치는 상황이었다. 달리는 말 위에서 이쪽저쪽으로 자꾸 미끄러지는가 하면 툭 튀어나온 말의 등뼈에 몸이 으스러질 정도로 세게 부딪히기도 했다.

그의 앞으로 숲이 열리고 나무들 사이로 공터가 보였다. 그는 곧 교회다리에 다다른다는 안도감에 힘을 낼 수 있었다. 시냇물에 반사되어 은빛으로 반짝이는 별빛을 보고 그는 자신의 생각이 틀리지 않았음을 알았다. 나무 아래로 어수룩한 빛을 내고 있는 교회 벽이 보였다. 그는 브롬과 경쟁하던 유령이 사라져버렸다던 지점을 기억해냈다. '저 다리까지만 갈 수 있으면 안전해.' 그가 생각했다. 바로 그때 그의 바로 뒤에서 검은색 말이 헐떡거리는 소리가 들려왔다. 말의 뜨거운 입김이 그의 목덜미에 느껴질 정도였다. 다시 힘껏 말의 옆구리를 걸어찼다. 그러자 늙은 화약은 다리 위로 단숨에 뛰어올라 쿵쿵거리는 소리를 내며 다리 맞은편에 닿았다. 이카보드는 그를 쫓던 추적자가 사라졌는지 보기 위해 뒤를 돌아보았다. 그가 알고 있는 이야기대로라면 그 유령은 한 줄기 빛을 발하며 유황처럼 사라져야 할 것이었다. 하지만 바로 그때 그 시커먼 형체는 타고 있던 말의 등자 위로 일어서서 이카보드를 향해 자신의 머리를 던졌다. 이카보드는 그 끔찍한 것을 피하려 했지만 이미 때가 늦었다. 유령의 머리는 이카보드의 머리에 커다란 소리를 내며 부딪쳤다. 이카보드 크레인은 진흙 속에 곤두박질쳐 떨어졌다. 그리고 화약과 그 검은 말을 탄 유령은 회오리바람처럼 사라져버렸다.

다음 날 아침 늙은 말 한 마리가 그의 주인집 밖에서 발견되었다. 그놈은 안장도 없이 고삐는 발치에 매단 채로 아무 일도 없었다는 듯 풀을 뜯어먹고 있었다. 이카보드는 그날 아침 식사에 나타나지 않았다. 저녁때가 되어서도 이카보드는 모습을 드러내지 않았다. 학교에서도 아이들은 모두들 나와 냇물가 둑 위를 거닐며 한가하게 시간을 보낼 뿐, 선생의 모습은 보이지 않았다. 한스 반 리퍼는 가엾은 이카보드의 운명과 그의 안장에 대해 걱정하기 시작했다. 사람들은 그의 행방을 알기 위해 마을 이곳저곳을 샅샅이 뒤지기 시작했고 마침내 그의 흔적을 찾을 수 있었다. 교회로 향하는 길 한가운데 진흙에 빠져 짓밟힌 말안장을 발견한 것이다. 길 위에는 깊게 패인 말발굽 자국이 있었는데 보아하니 그 속도가 보통이 아니었던 게 분명했다. 시냇가의 널찍한 둑 위로 난 다리까지 그 자국이 이어지고 있었다. 다리 아래 물이 깊어 시커멓게 보이는 곳에서 이카보드의 모자가 물 위에 떠 있었다. 그 바로 옆으로 난 길에서는 커다란 호박 한 덩이가 산산조각이 난 채 발견되었다.

개울을 샅샅이 뒤졌지만 선생의 시체는 찾지 못했다. 한스 반 리퍼는 선생의 유산 집행자로서 그의 전 재산이라 할 수 있는 보따리를 풀어보았다. 거기에는 셔츠 한 벌하고 반쪽, 목에 대는 장식깃 두 개, 털실로 짠 양말 한두 짝, 낡은 코듀로이 반바지 한 벌, 녹슨 면도기, 여기저기 모서리가 접힌 찬송가집 그리고 망가진 피리 한 자루 같은 것 들이 있었다. 그가 학생들을 가르치던 학교의 책과 가구들은 모두 마을에 귀속되었다. 다만 코튼 마더의 『마술의 역사』 『뉴잉글랜드 연감』 그리고 꿈을 해석하고 점괘를 보는 것에 관한 책은 제외되었다. 마지막에 언급된 책에서는 대판양지 크기의 종이 한 장이 발견되었는데, 무언가 휘갈겨 쓰여 있었고 여기저기 잉크가 번진 흔적이 남아 있었다. 선생이 반 테셀의 상속녀의 환심을 사기 위해 시를 끼적였던 것이었는데 지금에 와서는 그것도 결국 헛고생만 한 꼴이 되었다. 이 마술 관련 서적들과 아무렇게나 끼적인 시는 한스 반 리퍼가 모두 불태웠다. 그는 자식들을 다시는 학교에 보내지 않겠노라고 마음먹었는데, 크레인이 남긴 이런 것들을 읽고 쓰는 것에서는 아무것도 배울 점이 없다는 게 이유였다. 크레인이 원래 가지고 있던 돈과 불과 하루나 이틀 전에 받은 석 달치 급료는 그가 사라졌을 당시 모조리 몸에 지니고 있었던 것이 틀림없어 보였다.

이 이상한 사건을 두고 다음 주 일요일 교회에 모인 사람들은 여러 가지 추측을 내놓았다. 구경하려는 사람들이 모자와 호박이 발견된 다리에 모여 이런저런 뜬소문들을 만들어내기도 했다. 브라우어, 브롬, 그 외의 떠도는 이야기를 죄다 모아 꼼꼼하게 앞뒤를 맞춰보고 비교해본 결과, 그들은 이카보드 크레인이 헤센 기병에게 채여간 것이라는 결론을 내렸다. 그는 독신이었고 누군가에게 빚을 진 적도 없었기 때문에 아무도 더 이상 그 문제에 대해 신경 쓰지 않았다. 학교는 마을의 다른 곳으로 옮겨졌고 학생을 가르치는 일은 다른 누군가가 자리를 대신했다.

그 일이 있은 후 몇 년이 지난 때였다. 한 나이든 농부가 볼일이 있어 뉴욕에 들렀다가 이카보드 크레인 사건의 전말에 대해 알 수 있는 이야기를 전해 듣고 왔다. 그의 말에 의하면 이카보드 크레인이 아직 살아 있더라는 것이었는데, 그가 슬리피 할로우를 떠난 이유는 귀신과 한스 반 리퍼에 대한 두려움 때문이었고 또한 상속녀로부터 구혼을 거절당했다는 굴욕감 때문이기도 했다는 것이다. 그래서 그는 멀리 다른 도시로 이주해 교사생활을 이어갔고 동시에 법률을 공부해서 변호사 자격증까지 취득하게 되었다고 한다. 나중에는 정치에 입문하여 선거운동도 하는 등 정치가가 되어 신문에 글을 기고하기도 했고 결국 민사재판소의 판사까지 역임했다고 한다. 통뼈 브롬은 그의 연적이 사라지고 난 직후 카트리나와의 결혼에 성공하는 기쁨을 누렸다고 한다. 또한 호박에 관련된 얘기만 나오면 크게 웃음을 터뜨리곤 했는데, 이를 두고 사람들은 그가 이카보드 크레인 사건에 대해 더 많은 것을 알고 있음에도 불구하고 그에 대해서는 말을 아끼려하는 것 같다고 했다.

하지만 이런 밑도 끝도 없는 소문에 관하여 가장 확실한 결론을 내릴 수 있는 사람으로 치자면 아무도 마을 여인네들을 따라올 수 없었다. 그들은 지금까지도 이카보드 크레인이 어떤 초자연적 힘에 이끌려 사라졌다고 믿고 있고 한겨울 난롯가에 모여 앉아 나누는 이야기 주제로 이카보드 크레인은 빠지지 않고 등장한다. 이후에 그 다리는 더욱 미신적인 장소가 되었고 결국에는 더 이상 그 다리를 건널 필요가 없이 교회로 가기 위한 다른 길을 만들었다고 한다. 학교 건물은 곧 부식하여 내려앉아버렸고 이제 그곳에는 불행한 교사의 유령이 나타난다고 한다. 고요한 여름 저녁이 되면 그곳 사람들은 슬리피 할로우의 적막 속에서 이카보드 크레인이 우울한 목소리로 찬송가를 부르고 다니는 소리를 들을 수 있다고 한다.

Sleepy Hollow

악마와 톰 워커

　매사추세츠 주 보스턴에서 얼마 떨어지지 않은 곳에 작은
해협이 있다. 이 해협이 시작되는 찰스 만을 따라 내륙 깊숙이
들어가다 보면 수풀이 우거진 늪지대에 다다르게 된다. 해협
의 한쪽 면에는 아름답게 펼쳐진 자그마한 숲이 자리 잡고 있
고 반대편으로는 바다에서 곧바로 솟아오르는 절벽이 서 있
다. 그 절벽 위에는 나이를 가늠할 수 없을 만큼 커다란 참나
무가 듬성듬성 자라 있다. 전해오는 이야기에 따르면, 이 커다
란 참나무들 중 어느 한 그루 아래 해적 키드가 엄청난 양의
보물을 숨겨놓았다고 한다. 날이 어두워지면 한 치 앞도 보이
지 않을 만큼 어두워져 사람들의 눈을 피해 약탈해온 보물을
옮길 수 있었고, 주위 지형은 다른 사람들이 접근하기에 엄두

도 못 낼 만큼 높고 험해서 보물을 숨기기에는 안성맞춤인 곳이었다. 그러면서도 절벽 위에 자라 있는 참나무는 멀리서도 알아보기 쉬워 일종의 이정표 역할을 해준다는 것도 큰 장점이었다. 또한 전하는 이야기에 따르자면, 돈이나 보물을 숨기기 위해서는 악마의 도움이 필수적이었다. 특히 그 물건이 부정한 방법으로 얻게 된 것이라면 더욱 그러했다. 어쨌든 결국 키드는 자신의 보물을 찾으러 되돌아오지 못했다. 해적질로 명성이 자자했던 그는 결국 보스턴에서 체포되어 죗값을 치르기 위해 잉글랜드로 송환되었고 그 후 교수형에 처해졌기 때문이다.

1727년, 뉴잉글랜드 지방에는 지진이 끊이지 않고 일어났다. 이에 지은 죄가 많은 사람들은 지레 겁에 질려 무릎을 꿇고 죄를 뉘우치곤 하던 시기였다. 이 근방에 비쩍 마른 몸매에 탐욕스럽기 그지없는 톰 워커라는 남자가 살고 있었다. 그는 결혼해 아내를 두고 있었는데, 아내 역시 탐욕스럽기로는 둘째가라면 서러울 정도여서 이 둘은 부부임에도 불구하고 서로를 속여 자신의 욕심을 채우는 데 혈안이 되어 있었다. 그녀는 기회가 된다면 모든 것을 남편 몰래 자신의 것으로 빼돌렸다. 이를테면 새로 난 달걀은 그 알을 낳은 암탉이 울기도 전에 이미 그녀의 손 안에 있었다. 톰 워커는 부인이 몰래 빼돌린 물건을 되찾기 위해 이리저리 캐고 다녔고 부부 공동으로 소유해야 할 것으로 무엇을 둬야 할지에 대해 항상 격렬한 언쟁이 오가기 일쑤였다. 이들 부부가 사는 집은 금방이라도 쓰러질 듯한 곳으로 주위는 황량하기 그지없었다. 집 근방 여기저기에 아무렇게나 자란 향나무 몇 그루가 그곳의 황량함을 대변해주는 듯했다. 굴뚝에서 연기가 피어오르는 경우가 단 한 번도 없었으며, 지나가는 나그네도 하룻밤 묵어 갈 생각을 하기는커녕 아무도 살지 않는 집이라 여기고 그냥 지나쳐버리고 마는 그런 집이었다. 그들이 키우고 있는 말도 제대로 먹지를 못해 갈비뼈가 그대로 드러날 정도로 야위어 있었다. 잡초라도 뜯어먹어야 할 처지였지만 집 주위는 겨우 자갈이나 진흙으로 덮여 풀 한 포기 구경하기 힘든 척박한 땅이라 결국 이리저리 돌아다니다 마는 게 전부였고 가끔씩 지나는 사람이 보이면 울타리에 머리를 기대어 애처로운 눈빛으로 이 굶주림의 땅에서 어서 벗어나고 싶다는 듯 그들을 바라보았다.

이에 걸맞게 그곳에 살고 있는 톰 워커와 부인의 악명도 하늘을 찌를 듯했다. 톰의 부인은 입이 거칠고 잔소리가 심한 것은 당연하고 성질이 사납고 힘도 매우 센 사람이었다. 부부가 큰 소리로 싸우는 소리는 심심찮게 들려왔고 나중에 톰의 얼굴을 보면 싸움이 단순히 말로만 끝나는 게 아니라는 걸 알 수 있었다. 하지만 그 누구도 감히 나서서 그들을 말리려 들지 않았다. 사람들은 톰 워커의 집 안에서 서로 물고 뜯는 소리가 나더라도 그저 혀를 끌끌 차며 제 갈 길을 재촉할 뿐이었고 미혼인 사람들은 아직 결혼하지 않았다는 사실에 안도의 한숨을 내쉬었다.

그러던 어느 날이었다. 톰 워커는 멀리 이웃 동네로 출타를 나갔다 돌아오는 길이었다. 그는 집으로 돌아가는 지름길로 보이는 늪지대를 발견하고는 그곳을 가로지르기로 했다. 지름길을 선택함에 있어 대부분의 경우가 그렇듯이 그의 선택은 잘못된 것이었다. 늪지대는 온통 소나무와 솔송나무로 덮여 있었고 그중 어떤 것들은 높이가 30미터에 이르렀다. 나무에 가려 낮에도 빛이 거의 들지 않는 그곳은 근처 올빼미들이 한낮의 태양을 피해 모여드는 곳이었다. 곳곳에 파인 물웅덩이는 온갖 잡초와 이끼로 덮여 있었고 누군가 멀리서 보고 초록에 이끌려 가까이 가보면 실은 온통 짙은 진흙 투정이어서 괜히 속은 듯한 기분이 들기도 했다. 칙칙한 빛을 띠며 고여 있는 물웅덩이는 올챙이나 황소개구리, 물뱀 따위가 득실거렸다. 물에 잠겨 반쯤 썩어버린 소나무와 솔송나무는 마치 습지에서 쉬고 있는 악어 떼처럼 보이기도 했다.

톰은 오랫동안 조심스럽게 숲 속을 걸었다. 골풀이나 나무뿌리 위로 발을 내딛으며 깊은 늪에 빠지거나 쓰러진 나무기둥에 발이 걸리지 않고 앞으로 나아갈 수 있었다. 이따금 들려오는 해오라기의 비명 같은 울음소리와 야생오리가 물 위로 날아오르며 내는 푸드덕거리는 날갯짓 소리에 화들짝 놀라기도 했다. 마침내 톰은 단단하게 굳은 땅에 도달했다. 습지 한가운데를 가로질러 반도처럼 뻗은 모양을 한 그곳은 그 옛날 인디언들이 초기 식민지 개척자들과 전쟁을 벌이던 때에 인디언들의 요새로 사용되던 땅이었다. 그들은 이곳을 난공불락의 땅이라 여기고 아녀자와 아이들을 여기에 숨겨두었다. 거의 다 무너져버려 얼마 남지 않은 당시의 제방이나 무성하게 자라 주위 늪지대의 소나무나 솔송나무와 확연한 대조를 이루는 참나무를 제외하면 그 당시 인디언의 흔적은 어디서도 찾아볼 수 없었다.

톰이 잠시 쉬어가기 위해 옛 인디언들의 구역에 다다른 것은 주위가 어스름한 저녁 무렵이었다. 다른 사람들은 이런 시간에 이렇게 우울하고 외딴 곳으로 쉬 발길을 옮기지 못했을 것이다. 이곳은 전쟁이 한창이던 때 인디언들이 주술을 부리고 악마에게 희생양을 바쳤다는 이야기가 전해오던 곳이었다. 하지만 톰 워커는 그런 종류의 전설 따위를 무서워할 사람이 아니었다. 그는 쓰러진 솔송나무에 걸터앉아 잠시 쉬기로 했다. 청개구리의 울음소리를 들으며 발밑의 검게 이끼 핀 둔덕을 지팡이로 파헤치고 있었다. 별 생각 없이 그렇게 흙을 헤집고 있을 때 지팡이 끝을 통해 딱딱한 무언가가 느껴졌다. 톰이 그 이끼덩이를 죄다 파헤쳐내자 그 밑에는 놀랍게도 반으로 쪼개진 해골과 그 옆에 놓여 있는 커다란 도끼가 보였다. 녹이 슨 도끼날은 이것이 얼마나 오래전에 묻힌 것인지 미루어 짐작케 했고 이 인디언 전사의 마지막 흔적은 당시 이곳에서 얼마나 격렬한 전투가 벌어졌는지를 보여주고 있었다.

"췌!"

흙을 털어내려는 듯 해골에 발길질을 하며 톰이 말했다. 그러자 어디선가 걸걸한 남자의 목소리가 들려왔다.

"해골을 내버려 둬!"

톰이 소리가 나는 쪽으로 올려다보니 커다랗고 시커먼 모습을 한 남자가 그의 바로 맞은편에 있는 나무 그루터기에 앉아 있었다. 인기척도 없이 갑자기 나타난 남자를 보고 그는 소스라치게 놀랐다. 또한 그 남자가 흑인도 인디언도 아니라는 사실에 더욱 놀랄 수밖에 없었다. 벨트인지 띠인지 붉은색 거적 같은 걸 몸에 두르고 인디언식 의상을 입고 있었기 때문에 언뜻 인디언처럼 보일 수도 있었지만 얼굴을 자세히 보면 마치 대장간에서 일을 하다 묻은 것 같은 검댕 때문일 뿐 사실 그는 흑인의 피가 섞인 것 같지 않았다. 머리카락은 산발인 채로 아무렇게나 자라 있었고 어깨에는 도끼를 짊어지고 있었다.

남자는 한동안 그 커다랗고 시뻘건 눈으로 톰을 노려봤다.

"내 땅에서 뭘 하는 거지?"

짐승이 으르렁거리듯 새된 목소리로 그가 물었다.

"당신 땅이라고?"

톰이 코웃음 치며 말했다.

"여기가 내 땅이라고 말하지는 않겠소만, 그렇다고 당신 땅도 아닌 것 같은데? 내가 알기로는 이 땅은 피바디 집사가 소유한 곳이거든."

"피바디는 죽은 목숨이나 다름없어."

그가 말했다.

"내 장담컨대 스스로 지은 죄는 모르쇠로 일관하고 남들이 지은 죄만 파헤쳐온 그는 곧 죽고 말 거야. 저기를 보라고. 피바디 집사가 얼마나 신통찮게 살아왔는지 알 수 있을 테니까."

톰은 그 남자가 가리키는 방향을 돌아보았다. 커다란 나무가 보였다. 겉으로는 잎이 무성한 것이 튼튼해 보였지만 속은 죄다 썩어 있었다. 그리고 바람만 불어도 쓰러질 만큼 마구 도끼질이 되어 있었고 나무껍질에는 피바디 집사의 이름이 새겨져 있었다. 그는 저명한 인물이었지만 사실은 교활한 방법으로 인디언들과 거래해 부를 축적한 사람이었다. 톰은 주위를 둘러보았다. 큼지막한 나무에는 하나같이 죄다 당대의 유명 인사들의 이름이 도끼로 새겨져 있었다. 그가 앉은 자리도 막 베인 게 분명해 보였다. 거기에는 크라우니쉴드라는 이름이 새겨져 있었다. 크라우니쉴드는 해적질을 통해 얻게 된 부귀영화를 여기저기서 과시하며 돌아다니던 사람이었다.

"피바디는 이제 곧 불에 타 죽고 말 거야!"

그 시커먼 남자가 승리감에 겨워 포효했다.

"이 정도면 겨울을 나기에 충분한 장작이 모인 것 같은데 말이야."

"하지만 당신은 무슨 권리로 피바디 집사의 나무를 벨 수 있다는 거요?"

톰이 말했다.

"나에게는 우선권이라는 게 있지."

상대편이 말했다.

"너희들 백인들이 이 땅을 밟기 훨씬 전부터 여기는 내 소유였단 말이야."

"이런 걸 물어봐도 되는 건지 모르겠소만, 도대체 당신은 누구시오?"

"아, 여러 가지 이름으로 불리지. 어떤 곳에서는 거친 사냥꾼으로 통하고, 또 다른 곳에서는 검은 광부로 불리기도 해. 이 부근에서는 검은 나무꾼이라고 불린다고. 바로 여기서 인디언들이 잡아온 백인들을 나에게 제물로 바치고 의식을 치렀지. 그리고 바로 너희 백인들에 의해 인디언들이 말살된 뒤에는 퀘이커 교도와 재침례교도들을 박해하는 것에서 즐거움을 찾고 있어. 또한 노예무역을 장려하고 후견하며 세일럼 마녀들을 거느리고 있는 몸이지."

"당신 말은 곧, 내가 잘못 이해한 게 아니라면 말이오."

톰이 말했다.

"당신은 사람들이 말하는 악마라는 거요?"

"사람들이 뭐라고 부르든. 그래, 맞아."

그는 꽤나 친절한 태도로 고개를 끄덕였다.

너무 익숙한 이야기라 신뢰가 가지 않을 수도 있겠지만 전하는 이야기에 따르면 이것이 그들의 첫 만남이었다고 한다. 이렇게 아무도 없는 외진 곳에서 기이한 분위기를 풍기는 누군가를 만나게 되면 사람들은 대부분 겁에 질려 정신을 못 차릴 법도 하지만 톰은 그렇지 않았다. 기가 죽기는커녕 워낙 강심장의 위인에다 무지막지한 부인과 함께 오랫동안 살아온 덕분에 악마를 대면하는 것쯤은 아무것도 아니었다.

이것을 시작으로 그들은 톰이 집으로 돌아가기 전까지 오랫동안 진솔한 대화를 나눴다고 한다. 악마는 늪에서 그리 멀지 않은 곳에 있는 참나무 아래 해적 키드가 많은 금은보화를 묻어뒀다는 이야기를 들려주었다. 이 모든 것이 자신의 관리 하에 있으며 자신의 비위를 맞춰줄 수 있는 자만이 보물의 위치를 찾을 수 있다는 것이었다. 악마는 자신에게 친절하게 대해준 톰 워커에게 보물이 숨겨져 있는 장소를 알려주겠다고 제안했다. 하지만 으레 그러하듯 거기엔 한 가지 조건이 따랐다. 톰 스스로 악마가 제안한 조건이 무엇이었는지 공표한 적은 한 번도 없었지만 그게 무엇이었는지는 쉽게 추측할 수 있었다. 당장 눈앞에 보이는 돈을 차지할 수 있다면 사소한 문제 따위엔 신경도 쓰지 않는 톰 워커였기 때문에, 그가 생각할 시간이 필요하다는 뜻을 악마에게 내비친 걸로 보아 그 조건이라는 것이 만만치 않은 것이었음에 틀림없다. 그들이 늪의 가장자리에 도착했을 때 악마가 잠시 걸음을 멈추자 톰이 말을 꺼냈다.

"당신이 나에게 말한 게 모두 사실이라는 증거라도 있소?"

"그럼 내가 서명해주지." 하며 악마는 톰의 이마에 손가락을 가져다 지그시 눌렀다. 그렇게 말하고 그는 잡목이 우거진 늪으로 향했다. 워커가 말한 게 사실이라면 그는 계속해서 땅속으로 사라지듯 들어갔다. 처음에는 그의 머리와 어깨 정도는 눈에 들어왔으나 잠시 후에는 시야에서 완전히 사라져버렸다.

집으로 돌아온 톰은 자신의 이마에 불에 덴 듯한 손가락 자국이 새겨져 있는 것을 발견했다. 아무리 지워보려 해도 그 자국은 없어지지 않았다.

톰이 집에 돌아왔을 때 그의 아내가 처음으로 전한 소식은 압살롬 크라우니쉴드의 갑작스러운 죽음에 관한 것이었다. 악랄한 방법으로 부를 축적했던 그 해적에 대해 신문은 미사여구를 곁들여 가며 이렇게 말하고 있었다.

'위대했던 남자, 이스라엘에서 잠들다.'

톰은 악마가 태워버리기 위해 도끼로 파헤쳐놓았던 나무를 떠올렸다.

"해적 따위 불에 타 죽든 물에 빠져 죽든, 내 알 바 아니지!"

톰이 말했다. 그제야 그는 자신이 보고 들었던 것들이 환영이 아니었음을 확신하게 되었다.

톰 워커는 아내를 신뢰하기에는 그녀가 얼마나 탐욕스러운 사람인지 잘 알고 있었다. 하지만 오후에 그가 겪은 이 이상한 일을 혼자서 감당하는 게 어려운 일이라는 것 또한 사실이었다. 그는 결국 아내에게 모든 걸 얘기하기로 했다. 엄청난 양의 금이 저 어딘가 숨겨져 있고 그 정도의 양이면 평생을 부자로 지낼 수 있다는 말에 톰의 부인은 악마의 제안에 분명히 응하여 그 금을 차지해야 한다고 끈질기게 몰아대기 시작했다.

하지만 톰 워커는 악마에게 자신의 영혼을 팔아야 한다는 사실이 마음에 내키지 않았고 이 모든 게 결국 아내만 기쁘게 해줄 뿐이라는 생각에 악마의 요구를 받아들이지 않을 생각이었다. 그래서 그는 아내에게 그런 일은 절대 없을 거라고 못을 박았다. 그 일로 톰과 부인 사이에 또다시 수많은 다툼이 벌어졌지만 아내가 그런 얘기를 꺼낼수록 톰의 생각은 더욱 확고해질 뿐이었다.

결국 톰의 아내는 직접 나서서 거래를 성사시킬 작정이었다. 그리고 만약 성공하게 된다면 모든 것은 그녀의 차지가 될 것이었다. 남편만큼 겁 없는 그녀는 해가 막 지기 시작하는 어느 여름날 저녁 옛 인디언 요새를 찾아 떠났다. 오랜 시간 동안 집을 비웠다가 돌아온 그녀는 왠지 시무룩한 얼굴이었다. 이야긴즉슨, 그녀는 키가 큰 나무 밑동에 도끼질을 하고 있던 악마를 발견하고 숨겨진 보물과 요구조건에 대해 이야기를 나누려 시도해보았지만 악마는 미적지근한 태도를 보이며 그에 응하지 않았고 달래듯 계속해서 대화를 시도했으나 끝내 아무런 진전을 보지 못했다는 것이다.

다음 날 저녁, 톰의 아내는 다시 늪으로 향했다. 이번에는 앞치마에 무언가를 가득 담은 채였다. 톰은 아내가 언제나 돌아오려나 기다리고 있었지만 깜깜 무소식이었다. 다음 날 아침이 되어도 그리고 오후가 되고 다시 밤이 돌아왔을 때도 그녀는 돌아오지 않았다. 톰은 서서히 걱정이 되기 시작했다. 아내가 은으로 된 주전자니 숟가락이니 값이 나가는 것은 죄다 가져가버렸기 때문이었다. 밤이 지나고 또다시 하루가 시작되었다. 하지만 아내는 끝내 돌아오지 않았고 그녀의 소식을 아는 사람은 아무도 없었다.

이런저런 추측이 난무했지만 실제로 그녀가 어떻게 됐는지는 그 누구도 알 수 없었다. 사람들은 계속해서 이야기를 만들어냈고 결국 혼란을 야기할 뿐이었다. 누군가는 그녀가 미로 같은 늪지대에서 길을 잃고 헤매다 짐승을 잡으려 파놓은 구덩이에 빠져버렸다고 했다. 다른 누군가는 쌀쌀맞은 말투로, 그녀가 앞치마에 지니고 갔던 귀중품들을 가지고 숨겨 놓았던 애인과 다른 지방으로 도망가버렸다고 했다. 또 다른 누군가는 그녀의 모자가 늪지대에서 발견된 것으로 미루어 보아 악마의 꼬드김에 넘어가 빠져나올 수 없는 깊은 수렁에 갇혀버렸다고도 했다.

하지만 현재까지 가장 그럴듯한 설명은 이러했다. 부인과 그녀가 가지고 간 귀중품 생각에 하루도 편치 않던 톰은 결국 자신이 나서서 찾아봐야겠다고 생각하고 다시 그 인디언 요새로 들어갔다. 여름의 기나긴 한나절 동안 그 우울한 장소를 샅샅이 뒤졌지만 아내를 찾을 수 없었다. 톰은 아내의 이름을 몇 번이고 크게 불러봤지만 아무런 대답도 들려오지 않았다. 다만 그 소리에 놀란 해오라기가 하늘로 날아오르며 비명 지르는 듯한 소리를 내는가 하면, 바로 옆 웅덩이에서 황소개구리가 음울한 소리로 울고 있을 뿐이었다. 그렇게 허탕만 치며 날은 어느덧 저물어가고 있었다. 여기저기서 올빼미가 울고

박쥐들이 푸드덕거리며 날아다니기 시작했다. 그때 삼나무 주위를 빙글빙글 돌고 있던 까마귀 떼가 시끄럽게 우는 소리가 들려왔다. 톰은 소리가 나는 쪽을 올려다보았다. 그곳에는 격자무늬 꾸러미가 나뭇가지 위에 걸려 있었다. 그 옆에는 독수리 한 마리가 마치 물건을 지키는 듯 커다란 몸집으로 자리를 잡고 앉아 있었다. 그는 뛸 듯이 기뻐했다. 귀중품이 든 아내의 앞치마를 드디어 발견한 것이다.

"저걸 어서 가져와야 해. 뭐, 마누라야 없이도 잘살 수 있겠지."

그가 스스로를 위로하듯 말했다.

그가 나무를 기어오르자 독수리는 날카로운 소리를 내며 커다란 날개를 펼쳐 깊은 숲 속으로 날아가버렸다. 톰은 앞치마를 펼쳐 내용물을 확인하곤 뒤로 나자빠질 뻔했다. 그 속에는 사람의 심장과 간이 함께 묶여 들어 있었던 것이다!

여전히 이 이야기가 사실이라면, 이것이 워커 부인의 마지막이었다. 아마도 그녀는 평소 남편을 대하듯 악마와의 거래를 시도했을 것이다. 악마에 대적할 만한 것이 여자의 잔소리 말고 또 뭐가 있으랴마는, 이번에는 경우가 달랐던 것 같다. 워커 부인은 악마와의 대결에서 졌고 그 대가로 죽음을 맞이

했던 것이다. 톰은 나무 옆으로 여기저기 깊게 패인 악마의 발자국과 악마에게서 뜯겨 나온 듯 보이는 한 뭉텅이의 머리카락이 흩어져 있는 걸 봤다고 한다. 톰 워커는 부인과 살아오면서 그녀의 난폭함에 대해서는 익히 잘 알고 있었다.

'저런, 악마도 이번에는 고생이 꽤나 심했겠는걸!'

톰은 꿋꿋한 사람이었다. 그는 재산의 손실을 아내가 사라진 것으로 대신 위로 삼았다. 악마가 자신에게 친절을 베푼 것 같은 기분마저 들어 고마운 마음이 들었다. 그 후로 워커는 악마와의 관계를 돈독히 하려고 애썼지만 한동안은 아무런 진전도 볼 수 없었다. 악마가 예전만큼 적극적이지 않은 것 같았다. 또한 아무 때나 원한다고 해서 악마가 그의 앞에 나타나는 것도 아니었다. 악마는 자신이 이길 수 있는 게임만을 제안하는 법이다.

진전이 없자 톰은 어서 빨리 일을 진행시키고 싶어졌고 보물을 잃고 싶지 않은 마음에 악마가 무슨 조건을 내걸든 상관없이 동의해버리고 싶은 마음이었다. 톰이 악마를 다시 만난 건 그가 그렇게 초조해하던 어느 날 저녁이었다. 악마는 보통 때와 다름없이 나무꾼 복장에 도끼를 어깨에 메고 노래까지 흥얼거리며 늪지대 주변을 어슬렁거리고 있었다. 톰이 말을 걸어보았지만 악마는 별 흥미를 못 느끼는 채하며 짧은 대답만 던지고는 다시 노래를 흥얼거리며 이리저리 자리를 옮겨 다닐 뿐이었다.

때를 봐서 톰은 거래에 대해 말을 꺼냈고 둘은 해적의 숨겨진 보물을 어떻게 할 것인가를 두고 입씨름을 벌이기 시작했다. 악마가 나름의 호의를 베풀어 제시한 조건에 대해서는 둘 사이에 이미 확실한 동의가 이루어졌지만, 또 한 가지 악마가 고집스럽게 제안해오는 것이 있었다. 톰이 돈을 가지게 되는 것도 모두 악마 자신 덕분이니 그 돈의 일부를 그에게 투자해야 된다는 것으로, 톰은 그 돈을 가지고 흑인 노예 수송에 도움을 줘야 한다는 것이었다. 즉 악마는 노예를 태우고 내릴 수송선에 드는 비용을 톰이 지불하라는 말이었다. 하지만 톰은 단호하게 거절했다. 그가 아무리 양심의 가책을 느끼지 않는 사람이라 하더라도 노예무역상 역할만큼은 할 수 없었던 것이다.

이 부분에 대해서만큼은 톰이 그의 뜻을 굽히려 들지 않자 악마도 더 이상 강요할 수는 없었다. 대신 악마는 그에게 고리대금업을 제안했다. 악마는 되도록 많은 사람을 고리대금업에 종사하게 만들어 그들 모두를 자신의 수하로 두고 싶어 했다.

여기에는 아무런 이견이 없었다. 실은 톰에게도 매우 구미가 당기는 제안이었다.

"다음 달 보스턴에 전당포를 하나 마련해두지."

악마가 말했다.

"원한다면 나야 당장 내일이라도 할 수 있소."

톰 워커가 대답했다.

"이율은 매달 2할로 해야 돼."

"어허, 아예 4할 정도로 올리겠소."

"보증금과 저당권은 모조리 빼앗아버려. 그래서 모두 파산하게 만들어버리라고."

"모두를 악마에게 인도하도록 하지요!"

톰은 거의 우는 소리로 외쳤다.

"이게 다 내 돈이라는 사실을 항상 명심하고 있어야 해!"

기쁨에 젖어 악마가 말했다.

"그래, 언제 돈이 필요하지?"

"바로 오늘, 지금 당장입죠."

"좋아!"

악마가 말했다.

"좋습니다!"

톰이 대답했다. 그렇게 그들은 악수를 나눠 계약을 맺었다.

며칠이 지난 후 톰 워커는 보스턴에 있는 회계사무소에 자리를 잡았다. 언제나 돈을 잘 빌려주고 거기다 물건 값도 잘 쳐준다는 소문이 돌며 톰의 명성은 널리 퍼져나갔다. 그곳 사람들은 모두들 벨처 주지사 시절을 잊지 않고 있었다. 당시는 특히나 돈이 귀했던 시기여서 신용거래와 정부가 발행한 어음이 화폐를 대신하고 있었다. 유명한 토지은행이 설립되고 곳곳에 투기 열풍이 불기 시작하면서 사람들은 정착민들을 위해 허허벌판에 세워질 새로운 도시계획에 매달리고 있었다. 투기꾼들은 양도증서와 일정한 구획 등이 표시된 지도를 항상 몸에 지니고 다녔다. 개중에는 어디에 있는 곳인지 아무도 가본 사람이 없지만 모두들 기꺼이 돈을 지불할 준비가 되어 있는 엘도라도의 지도를 들고 사람들을 유혹하는 투기꾼도 있었다. 한 마디로 전국에 투기현상이 과열되어 모두들 일확천금을 꿈꾸고 있었다. 그러다 투기 열기가 사그라지자 일확천금을 좇던 사람들도 현실을 직시하기 시작했다. 막무가내로 여기에만 매달렸던 사람들은 비통함에 빠졌고 전국 곳곳에서는 '먹고살기가 너무 힘들다'는 울부짖음이 끊이지 않았다.

적절하게 시기상의 도움까지 얻어가며 톰 워커는 보스턴에서 고리대금업자로서 출세가도를 달렸다. 그의 사무실 앞은 물건을 맡기고 돈을 빌리려는 사람들로 북새통을 이루었다. 당장 곤경에 빠진 사람, 투자가, 협잡꾼, 아직 꿈을 버리지 못한 투기꾼, 흥청망청 아무렇게나 돈을 써대는 상인들, 신용불량자 등, 수단과 방법을 가리지 않고 어떤 희생을 치루더라도 돈을 빌리려는 사람들이 모두 톰 워커의 사무실로 모여들었다.

이렇게 톰 워커는 금전을 필요로 하는 사람들의 친구가 되었고, 또한 이른바 '필요할 때의 친구'처럼 행동했다. 그는 담보물의 안전과 그 대출액에 있어서 철두철미했다. 돈을 빌리러 오는 사람이 처한 상황에 따라 계약조건을 달리했다. 톰 워커가 가진 담보물과 저당권은 날이 갈수록 늘어났다. 그는 고객들을 서서히 압박하다가 끝까지 몰아붙인 뒤에는 모든 돈을 남김없이 자기 것으로 만들었다.

이런 식으로 톰의 재산은 자꾸만 늘어갔다. 부와 권력까지 얻게 된 그는 자랑스럽게 모자를 거래소에 걸어 두어 이제는 명예까지 얻게 되었음을 천하에 알렸다. 워커는 부를 과시하기 위해 대저택을 지었지만, 동시에 집의 대부분은 텅 빈 채로 남겨두거나 일부분은 미완성인 채로 두었다. 그는 하물며 마차도 한 대 마련했지만 정작 그 마차를 끌어야 하는 말에게는 먹이를 제대로 주지 않았다. 마차 바퀴는 기름칠도 안 되어 있어 차축에서는 삐걱거리는 소리가 들렸는데, 이는 마치 워커가 불쌍한 채무자들을 못살게 굴며 그들의 영혼을 쥐어짜는 소리처럼 들렸다.

하지만 톰 워커는 나이가 들면서 조금씩 신중해졌다. 세상의 모든 것을 얻은 것처럼 좋아했지만 한편으로는 앞으로의 일이 걱정되기 시작했다. 그는 악마와 계약을 맺었다는 사실을 후회하기 시작했고 기지를 발휘해 악마 몰래 계약사항을 지키지 않는 경우도 늘어났다. 그리고 그는 뜬금없이 교회에 나가기 시작했다. 마치 목소리가 커야 천국에 갈 수 있다고 믿는 것처럼 크고 맹렬한 목소리로 기도했다. 확실히 일요일 예배 시간에 얼마나 열심히 기도를 올리느냐에 따라 지난 한 주간 지은 죄의 크기를 가늠해볼 수 있었다. 평소 정숙하고 꿋꿋한 자세로 신앙생활을 이어가던 기존 신자들은 이제 막 개종한 이 남자가 보여주는 열성적인 신앙심에 압도되어 스스로를 비난하거나 책망하기까지 했다. 톰은 돈 문제만큼이나 신앙에서도 확고한 태도를 보였다. 남의 행동에 인정사정 볼 것 없이 참견하거나 비난을 퍼부었고, 그의 그런 태도는 마치 사람들의 죄를 자신의 장부에 기입되는 신용등급처럼 여기는 것 같았다. 급기야 톰은 퀘이커 교도와 재침례교도들에 대한 박해를 부흥시켜야 한다고 주장하기에 이르렀다. 한 마디로 말해서 톰 워커의 종교에 대한 열정은 그가 쌓아온 재산만큼이나 악명이 높았다.

이렇게 형식적이나마 종교적 믿음으로 무장했지만 결코 악마로부터 벗어날 수 없을 거라는 두려움은 가시지 않았다. 자신도 눈치 채지 못하는 사이에 악마가 나타나면 어쩌나 싶은 걱정에 그의 외투 주머니에는 항상 작은 성경책이 들어 있었다고 한다. 또한 그의 회계사무소에도 2절판으로 만든 큼지막한 성경책이 있었는데, 사업 문제로 사람들이 그곳에 들를 때마다 항상 톰 워커가 성경책을 읽는 모습을 볼 수 있었다고 한다. 고객들이 찾아오면 자신의 초록색 안경으로 읽고 있던 자리를 표시해둔 채 돌아서서 일을 보는 식이었다.

어떤 사람들은 톰 워커가 나이가 들어 노망이 난 것이라 했다. 삶의 마지막이 다가오고 있다는 생각에 사로잡혀 그는 말발굽, 안장, 고삐를 모조리 새로 단 말을 땅에 거꾸로 묻어버리기까지 했다. 세상의 종말이 오면 천지가 뒤바뀔 테고 그렇게 되면 그때를 대비하여 준비해둔 말을 타고 지옥으로부터 도망치면 될 거라고 생각했던 것이다. 하지만 이런 소문은 다

하릴없는 여편네들이 지어낸 이야기일 뿐이다. 만약 실제로 톰 워커가 그런 조치를 취했다면 쓸데없는 곳에 힘을 쏟은 것에 지나지 않았음이 분명하다. 믿을 만한 이야기에 따르면 톰 워커의 운명은 다음과 같았다.

시커먼 구름 사이로 번개가 내리치고 비바람이 불기 시작하던 어느 더운 여름날 오후였다. 그는 사무실에서 하얀색 리넨 모자에 인도산 실크로 짠 가운을 걸친 채 지금까지 좋은 친구 관계를 유지해오던 땅 투기꾼의 저당권을 모두 빼앗아 그를 몰락의 길로 빠뜨리려던 참이었다. 가엾은 투기꾼은 몇 달 만이라도 기한을 연장해달라고 톰에게 간절히 부탁하고 있었지만 톰은 성미 급하게 짜증만 내며 그의 제안을 거절하고 있었다.

"우리 가족은 빈털터리가 된 채 길거리에 나앉게 될 거예요."

투기꾼이 말했다.

"그 문제는 자네 가족이 알아서 할 문제야."

톰이 말했다.

"이런 불경기에 나도 먹고살아야지 않겠나?"

"하지만 제가 많은 돈을 벌게 해줬지 않습니까?"

투기꾼이 말했다.

톰은 더 이상 참지 못하고 순간적으로 그의 신앙심을 잊은 채 말을 이었다.

"네 녀석 덕분에 내가 한 푼이라도 이득을 봤다면 지금 당장 악마에게 잡혀간다 해도 아무 말 않겠어!"

바로 그때 누군가 대문을 크게 세 번 두드리는 소리가 들렸다. 워커는 누가 왔나 보기 위해 문을 열었다. 문밖에는 검은색 말이 사정없이 발을 굴리며 큰 소리로 울고 있었다. 그리고 그 옆에는 악마가 서 있는 것이었다.

"톰, 이제 가야 할 시간이 왔어."

무뚝뚝한 목소리로 악마가 말했다. 톰은 뒷걸음질 쳤지만 이미 때는 늦은 상태였다. 그가 평소 지니고 다니던 조그마한 성경책은 외투 주머니 속에 있었고 사무실에 두고 읽던 커다란 성경책도 그가 막 가로채려 하던 저당권 문서 꾸러미에 깔려 보이지 않았다. 이런 식으로 갑작스레 죗값을 치러야 했던 죄인도 아마 전에 없었을 것이다. 악마는 톰 워커를 단번에 채어서는 말 위에 태운 뒤 채찍을 휘둘러 말을 달리게 했다. 말의 등에 걸쳐진 톰의 모습은 내리치는 번개와 폭풍 속으로 그렇게 사라졌다. 톰의 사무실에서 일하던 사람들은 귀 뒤로 펜을 꽂은 채로 멍하니 창문 밖만 내다보고 있었다. 톰을 태운

말은 길 아래로 내달렸다. 그가 쓰고 있던 하얀색 모자는 위아래로 마구 흔들렸고 옷자락은 바람에 펄럭이고 있었다. 말이 발굽을 내디딜 때마다 바닥에선 불길이 솟아올랐다. 악마는 이미 사라진 후였다.

톰은 끝내 그 저당권을 자기 것으로 만들지 못했다. 늪지대 근처에 살던 사람의 증언에 따르면 번개와 비바람이 한창이던 어느 날 엄청난 말발굽 소리와 누군가 울부짖는 듯한 소리가 집 밖에서 들려왔다고 한다. 창문으로 다가가 밖을 내다보니 누군가를 등에 태운 말 한 마리가 달리는 게 보였다고 한다. 그는 그 말이 미친 듯이 질주하여 인디언 요새가 있는 솔송나무가 우거진 늪지대로 사라지는 것을 목격했다고 한다. 그들이 시야에서 사라지자마자 곧바로 그 자리에 벼락이 떨어져 숲은 한순간에 불타 없어져버렸다는 게 증언의 마지막이었다.

보스턴의 선량한 시민들은 이 이야기를 잘 믿으려 들지 않을 것이다. 하지만 이것은 그들이 식민지 정착 시대 이후부터 전해오는 마녀, 도깨비, 악마의 속임수 등 온갖 종류의 전설에 익숙해진 탓에 웬만한 이야기로는 잘 놀라지 않는 탓일 수도 있다. 톰이 그렇게 사라진 후 그의 재산을 관리하기 위한 신탁

대리인들이 선정되었다. 하지만 그들이 할 일은 없어지고 말았다. 톰의 금고를 열어본 그들은 담보물과 저당권이 모두 한 줌의 재로 변해 있는 걸 발견했다. 금과 은이 보관되어 있던 자리에는 나뭇조각과 거기서 떨어진 부스러기들이 자리를 대신하고 있었다. 톰이 소유했던 굶주려 말라비틀어진 말들은 온데간데없이 사라지고 그 자리에는 해골 두 개가 놓여 있었다. 그리고 다음 날 그의 거대한 저택에는 불이 나 곧 완전히 잿더미가 되어버렸다.

　이것이 톰 워커와 그가 부정한 방법으로 모은 재산의 마지막이었다. 매일같이 돈을 불릴 궁리만 하고 앉은 중개인들은 이 이야기를 반드시 새겨들어야 할 것이다. 이 이야기가 실제로 있었던 일이라는 건 추호의 의심도 필요 없는 사실이기 때문이다. 톰 워커가 해적 키드의 돈을 파내려 만들어놓은 구덩이는 아직까지 참나무 아래 남아 있다. 그리고 근처의 늪지와 인디언 요새에서는 비바람이 몰아치는 날이면 하얀 모자를 쓰고 가운을 입은 채 말의 등에 올라탄 사람의 형상을 목격할 수 있다고 한다. 그가 어느 고리대금업자의 고통 받는 영혼이라는 것은 누구나 다 알고 있다.

Sleepy Hollow

울버트 웨버 혹은 황금의 꿈

서기 17XX년—정확한 날짜는 기억나지 않지만 지난 세기 초였음은 확실하다—옛 맨해튼 시에 울버트 웨버라는 사람이 살고 있었다. 그의 선조인 코버스 웨버는 네덜란드 브릴 출신의 초기 이민자들 중 한 명으로 이곳에 배추재배법을 들여온 사람으로 유명했다. 그는 올로페 반 코틀란트의 섭정정치 기간에 꿈을 좇아 이곳으로 이주해왔다.

코버스 웨버가 정착하여 배추를 심기 시작한 땅은 집안 대대로 유지되고 있었다. 그의 후손들은 갸륵하게도 그들의 선조들이 그러했던 것처럼 불굴의 노력을 기울여 배추경작을 가업으로 계속 이어갔다. 여러 세대를 거쳐가는 동안 그의 가문에서는 많은 인재들이 탄생했고 그들은 각고의 노력을 기울여가며 이 귀중한 채소에 대한 연구와 개량에 힘썼다. 이렇게 혼신의 힘을 다한 결과 웨버 가의 배추는 어디에서든 명성을 떨칠 수 있었다.

웨버 왕조는 한 번도 대가 끊이지 않았고 가문의 혈통은 의심할 여지없는 정통성을 유지할 수 있었다. 웨버 가의 장남은 농지 면적을 넓히는 수완뿐만 아니라 외모에서도 그의 조상을 쏙 빼닮았다. 만약 이 평온한 집안의 사람들의 얼굴을 초상화로 그려 일렬로 늘어놓고 본다면 모양새나 크기 어느 모로 보나 그들 밭에서 자라는 배추와 꼭 같이 생겼다는 사실에 놀라지 않을 수 없을 것이다.

왕조의 통치가 이루어지는 중추부는 웨버 가의 대저택이었다. 건물의 정면에는 노란색 벽돌로 쌓아올린 박공구조의 벽이 서 있었고, 위로 갈수록 뾰족해지는 벽의 꼭대기에는 전통적인 양식의 철제 풍향계가 달려 있었다. 저택의 외관에서는 오랜 세월의 흔적이 가져다주는 안락함과 평온함이 풍겨왔다. 외벽이 만나는 곳에는 흰털발제비가 둥지를 틀었고, 제비는 처마 밑에 보금자리를 마련해 살고 있었다. 사람이 사는 집에 둥지를 트는 새들은 그 집에 행운을 가져다준다는 믿음은 널리 알려진 미신이다. 초여름 이른 아침부터 맑고 상쾌한 공기 속에서 노닥거리는 새들을 보고 있으면 마치 자신들의 명성과 번영을 노래하듯 들려 웨버 가의 사람들은 절로 기분이 좋아지곤 했다.

그들의 호화스러운 저택 옆으로는 플라타너스 나무가 한 그루 자라고 있었다. 작은 묘목에서 시작해 조금씩 자라난 그 나무는 이제 웨버 가의 저택을 통째로 자신의 그늘 아래 둘 정도였다. 그 속에서 이 유서 깊은 가문의 사람들은 조용히 그리고 안락하게 삶을 영위해나가고 있었다. 그러던 중 이 마을 옆으로 새로운 도시가 생겨났다. 도시는 점점 몸집을 키워 웨버 가의 영토까지 넘보게 되었고, 하나둘씩 지어지는 주택들은 그들의 농지 바로 앞까지 자리를 잡더니 어느새 조망을 가로막고 선 형국이 되었다. 예전에는 인근의 시골 오솔길이었던 곳이 이제는 사람들의 발길로 붐비는 넓은 거리가 되었다. 한마디로 말해서 시골 생활에 길들여졌던 그들의 일상이 도시의 삶으로 바뀌어가고 있었던 것이다. 그렇다고는 하지만 웨버 가문의 사람들은 집안 대대로 물려오는 그들만의 가풍을 견지하고 있었고 재산 또한 그대로 유지하고 있었다. 게르만 제국의 후예로서 자부심은 여전했던 것이다. 울버트는 이런 가문의 가장 최근 후계자로서, 조상으로부터 대대로 전해져 내려오는 집안의 상석은 전통에 따라 그가 물려받게 되었다. 대도시의 한가운데 자리 잡은 시골 유지라고나 할까?

울버트는 왕국을 이끌며 가지는 고민과 즐거움을 함께할 협력자를 한 명 얻었다. 이른바 '손에서 물기가 마를 날이 없는 여인'으로, 더 이상 해야 할 집안일이 없을 때에도 그 자그마한 체구의 알뜰한 여인은 항상 분주하게 움직였다. 웨버 부인은 특히 한 방면에 집중해서 일을 했다. 그녀는 인생을 뜨개질에 모두 바친 것처럼 보였다. 집 안에서든 바깥에서든 앉으나서나 그녀의 뜨개질바늘은 멈추지 않았고, 지칠 줄 모르는 근면함은 한 해 동안 온 식구들이 신을 양말을 그녀 혼자 다 만들어낼 정도였다. 이들 부부에게는 금지옥엽처럼 키운 딸이하나 있었다. 정성을 다해 딸 교육에 힘쓴 결과 그녀는 온갖종류의 뜨개질에 능했고 채소절임과 저장음식을 잘 만들었으며 자수 견본 작품에는 이름을 새겨 넣을 정도의 실력이었다. 그녀의 취향은 배추밭에서도 진가를 발휘했다. 실용작물들사이에 관상용 식물들이 섞여들기 시작했던 것이다. 빨간 금송화와 화려한 만수국이 배추밭 가장자리에 줄을 지어 피어나 자리 잡고, 해바라기는 울타리 옆으로 기대어 서서 환한 얼굴을 늘어뜨린 채 지나가는 사람들에게 추파를 던지곤 했다.

이렇게 울버트 웨버는 아버지로부터 물려받은 토지로 권세를 떨치며 평화롭고 만족스러운 삶을 살고 있었다. 그렇다 하더라도 그에게 아무 걱정과 고민이 없는 것은 아니었다. 계속 자라기만 하는 도시의 크기가 신경 쓰였던 것이다. 그의 작은 영지는 새로 지어진 도로며 가옥들로 둘러싸여 바람도, 햇빛도 막혀버렸다. 도시의 거리 곳곳을 점령한 사람들은 이제 그의 영토에까지 들이닥치기 시작했다. 야밤에 그의 밭으로 몰래 들어와 배추서리를 해가는 사람들이 생겨났다. 밭의 문이 열린 틈을 타 떠돌이 멧돼지들이 들어와 땅을 온통 파헤쳐 놓는가 하면 장난꾸러기들이 몰려와서는 울타리 위로 사랑스럽게 자라나 밭의 자랑거리라 할 수 있는 화려한 해바라기꽃의 목을 죄다 꺾어놓기도 했다. 하지만 그는 이런 것들에 대해 너무 심각하게 고민하진 않았다. 여름 산들바람이 물방앗간 연못의 표면에 작은 물결을 만드는 정도로 그의 마음을 어지럽힐 뿐, 이런 일들이 그의 심연을 괴롭힐 만한 것은 아니었다. 믿을 만한 사람을 하나 골라 문간에 세워두고 돼지든 사람이든 영토에 들어오는 것이라면 뭐든 잡아내 문 밖으로 내쫓을 수 있도록 해두면, 그로서는 크게 기분 상하지 않고 평온함을 유지할 수 있었다.

울버트 웨버의 가장 큰 걱정은 역시 도시가 계속 팽창하고 있다는 것이었다. 물가는 두세 배나 뛰어버렸지만 그의 배추 생산량은 이를 따라잡지 못했고 수많은 경쟁자들 때문에 물건값을 올리지도 못하고 있었다. 울버트를 제외하고 주위 사람들은 모두 더 많은 돈을 벌어들였다. 상대적으로 울버트는 가난해져만 갔고 이런 상황을 어떻게 해결해야 할지 도무지 종잡을 수 없었다.

이런 걱정거리들은 날이 갈수록 늘어만 갔고 급기야 그의 이마에 두세 개의 주름까지 잡히고 말았다. 웨버 가에서는 전례가 없는 일이었다. 그가 삼각모 모서리를 뾰족하게 구부리는 행동은 챙이 넓고 춤이 낮은 실크해트를 썼던 선조들의 모습과 완전히 대조되는 모습으로 그의 초조한 심정을 대변하는 듯 보였다.

그와 그의 아내만을 생각한다면 이러한 변화 때문에 물질적인 어려움을 겪을 것 같지는 않아 괜찮았다. 하지만 문제는 그의 딸이었다. 곧 성인으로 자라날 딸을 돌보는 것은 열매를 맺게 한다거나 꽃을 피우게 하는 데 드는 정성과는 비교할 수 없을 정도로 심혈을 기울여야 할 일이었다. 여인의 매력을 묘사하는 데 아무런 소질이 없지만 감히 이 귀여운 네덜란드 여인의 아름다움을 그려보고자 한다. 날이 갈수록 더욱 깊어져가는 푸른 눈동자와 빨갛게 농익어가는 체리빛 입술을 가진 그녀! 성숙함과 원숙함은 더해가고 열일곱 번째 봄을 맞이한 그녀는 금방이라도 터질 듯한 장미 봉우리처럼 여인으로 만개할 준비가 되어 있었다.

어느 일요일, 그녀는 옅은 갈색 머리카락에 버터밀크를 발라 이마 양쪽으로 매끈하게 빗어 넘기고, 오래된 네덜란드식 옷장에서 가보처럼 내려오는 여러 가지 장식품이 달린 웨딩 드레스를 꺼내 입었다. 아아! 화려하게 치장한 그녀의 모습을 있는 그대로 보여줄 수 있다면! 노란 순금 목걸이에 달린 작은 십자가는 그녀의 부드러운 가슴골 위로 달랑거리며 그 지점을 신성하게 만들고 있었다. 아! 나 같이 나이든 사람이 여인의 아름다움을 이토록 무미건조하게 이야기해서는 안 될 것이다. 에이미를 그냥 17살의 여인이라 해두자. 오래전부터 그녀는 화살이 관통한 하트 문양이나 짙푸른 실크실로 참사랑을 매듭지으면서 내면을 표현해왔고, 해바라기를 기르거나 오이를 절이는 일에 열심이었지만 이제는 이런 일에는 심드렁해졌는지 훨씬 흥미로운 다른 일을 바라기 시작했다.

여성으로서 이렇게 중요한 시기에, 게다가 어느 한곳에 금방 마음을 빼앗겨버리기 쉬운 그때, 울버트 웨버의 지붕 아래로 새로운 인물이 보이기 시작했으니 그의 이름은 더크 왈드론이었다. 가난한 미망인의 외아들로서 그는 이 마을의 누구보다 아버지가 많은 사람이었다. 그의 어머니가 결혼을 네 번이나 했기 때문이었다. 그의 어머니는 그녀의 마지막 결혼생활에서야 아들을 얻을 수 있었고 이는 오랜 경작 끝에 보게 된 결실이었다. 그는 네 명의 아버지 모두에게서 각각의 장점과 정력을 물려받았다. 지금까지 대가족을 이루지 못하고 살았다면 이제부터라도 그 스스로 대가족을 만들어 가면 될 터였다. 이 혈기왕성한 젊은이는 겉으로 보기에도 거대한 혈통을 이루는 데 아무런 손색이 없었다.

그는 웨버 가에 자주 드나들며 얼굴을 알렸다. 말은 별로 없었지만 오랫동안 자리를 지키고 앉아 있었다. 울버트 웨버의 파이프가 비어 있으면 담배를 채워주고 웨버 부인의 어질러진 뜨개질바늘을 한데 모아주거나 털실 뭉치가 바닥에 떨어지면 주워주기도 했으며 삼색고양이의 매끄러운 털을 쓰다듬어주고 난로 위에서 밝은 구리 주전자가 끓으면 딸을 대신해 찻주전자에 뜨거운 물을 채워넣기도 했다. 이 모든 자잘한 노력들이 별것 아닌 것처럼 보일지 모르나 진정한 사랑이란 모름지기 이런 사소한 것에서부터 드러나는 법이다. 웨버의 가족들에게는 손해 볼 일이 없었다. 이 매력적인 청년은 웨버 부인의 눈빛에서 그녀가 자신을 마음에 들어 한다는 걸 알 수 있었다. 항상 얌전하고 새치름한 태도의 그 삼색고양이도 의심할 바 없이 그의 방문을 반기는 눈치였다. 난로 위의 주전자도 그가 나타나면 삐익 하고 소리를 내어 환영의 뜻을 내비치는 것 같았다. 모친의 옆에서 바느질하며 보조개가 파인 두 뺨을 반듯하게 들어 그를 힐끗 쳐다보는 딸의 모습을 제대로 본 게 맞는다면 그녀 또한 어머니나 고양이, 찻주전자 못지않게 그의 방문을 반기고 있었다.

오직 울버트만이 아무것도 눈치 채지 못했다. 자꾸 커져만 가는 도시와 자신의 배추 생각에 사로잡혀 화롯가를 바라보며 말없이 담뱃대만 뻐끔거리고 앉아 시간을 보내는 게 전부였다. 어느 날 밤 에이미는 관례에 따라 연인을 대문까지 바래다주었고 더크 왈드론은 또한 관례에 따라 그녀에게 작별인사를 했다. 입 맞추는 소리가 무덤덤한 울버트의 귀에까지 들릴 정도로 길고 고요한 현관에 울려 퍼졌다. 그에게 한 가지 더 새로운 걱정거리가 천천히 고개를 드는 순간이었다. 그의 무릎 위에서 인형놀이를 하던 하나뿐인 딸이 연애를 하고 결혼생활을 하게 될 것이라고는 단 한 번도 상상해보지 못한 것이다. 그는 눈을 비비며 일이 어떻게 되가고 있는지 생각해보았다. 그가 다른 문제로 골머리를 앓는 동안 그의 딸은 훌쩍 커버렸고 더 심각한 문제는 그런 딸이 사랑에 빠져버렸다는 사실이었다. 울버트에게 새로운 걱정거리가 하나 더 늘었던 것이다. 그는 자상한 아버지였지만 동시에 현실적인 사람이었다. 저 젊은이는 활기차고 부지런한 남자였지만 돈도, 땅도 없는 가난뱅이였다. 딸이 젊은이와 결혼을 하게 된다면 배추밭을 몇 마지기나 떼줘야 한다는 생각에 다른 것에 대해서는 아무런 생각도 할 수 없었다. 그 정도 크기의 밭이라면 거의 그의 가족 모두를 먹여 살릴 정도였다.

딸의 미래에 있어서만은 빈틈없는 아버지들처럼 그는 애초에 싹을 잘라내버리기로 마음먹었다. 그는 더 이상 젊은이의 집안 출입을 허용하지 않았다. 아버지로서 딸이 말없이 눈물을 흘리는 걸 봐야 한다는 것은 매우 가슴 아픈 일이었지만 어쩔 수 없었다. 딸은 자식으로서 부모에게 순종적인 태도를 취했다. 부모의 권위에 대들지도 않았다. 수많은 연애소설에 나오는 어린 여인들처럼 신경질을 부리거나 화를 내는 일도 없었다. 보증컨대, 그녀는 멋대로 반항이나 일삼는 그런 딸이 아니었다. 오히려 그녀는 연인의 앞에서 문을 닫아버리고 기껏해야 부엌 창문이나 정원 울타리에서 몇 마디 주고받는 게 전부일 만큼 순종적인 딸이었다.

움버트는 이런저런 걱정거리에 더해 생각지도 못했던 걱정거리가 하나 더 늘면서 이마에 주름이 깊게 패여 가던 무렵이었다. 어느 토요일 오후 그는 시골의 어느 여관으로 향하고 있었다. 도시에서 2마일 정도 떨어진 곳으로 그 여관은 이 지역의 네덜란드인 사회의 많은 사람들이 모이는 장소다. 항상 네덜란드인 지주들이 모여 있어 지나간 세월의 분위기와 흥취가 아직 남아 있는 곳이었다. 그곳은 네덜란드식으로 지어진 건물로 정착 초기에 어느 부유한 네덜란드인이 대저택을 세웠던 게 지금은 여관으로 아직 남아 있는 것이었다.

여관은 해협 쪽으로 툭 튀어나온 콜리어스 훅이라는 지점에 위치해 있었다. 조수간만의 차가 심해 해수의 유속이 매우 빠른 곳이었다. 고색창연하고 어딘가 이상해 보이는 건물은 멀리서도 쉽게 눈에 띄었다. 주위의 느릅나무와 단풍나무 숲은 유혹하듯 기분 좋게 흔들리고 가지를 늘어뜨린 버드나무는 마치 쏟아지는 물줄기처럼 축축한 잎을 아래로 드리워 그 아래서 여름의 뜨거운 햇살을 피하기에 안성맞춤인 장소를 만들어 내고 있었다. 많은 네덜란드 후손들이 이곳으로 몰려들어 셔플보드니 고리던지기, 구주희* 같은 놀이를 하거나 느긋하게 앉아 담배를 피우며 공사에 대해 의논하곤 했다.

울버트가 이 여관을 찾은 것은 바람이 휘몰아치는 어느 가을 오후였다. 느릅나무와 버드나무숲은 잎이 떨어져 가지만 앙상하게 남고 떨어진 잎은 작은 회오리바람을 타고 땅 위를 빙글빙글 돌고 있었다. 때 이른 추위에 사람들은 집 안으로 들어가버렸고 구주희가 한창이던 자리도 텅 비어 있었다. 여관 안에서는 토요일 오후의 정기모임이 열리고 있었다. 모임에 참석한 사람들은 대부분 네덜란드인이었고, 여러 인종이 뒤섞여 사는 곳에서는 당연히 그렇듯이 때때로 다른 나라에서 온 다른 인종들도 섞여 있었다.

난롯가 옆 커다란 가죽의자에는 이 작은 세계의 최고 실권자인 '존경스러운 램'—발음 나는 대로 하자면 '람므'—라펠예라는 사람이 앉아 있었다. 왈론 출신인 그는 고대 혈통 덕분에 유명했는데, 그의 증조모는 맨해튼에서 처음 태어난 백인이었다. 하지만 그는 부와 명예 때문에 더 유명했다. 그는 오랫

---

* 구주희 - 볼링과 비슷한 놀이로, 아홉 개의 핀을 공으로 넘어뜨리는 경기.

동안 시의원직에 올라 있었고 주지사라 하더라도 이 남자 앞에서는 모자를 벗어 경의를 표할 정도였다.

언제인지 기억도 나지 않을 만큼 까마득한 옛날부터 그는 이 가죽으로 만든 안락의자에 앉아 시간을 보냈다. 이 의자에 앉아 점진적으로 세력을 키워가던 그는 몇 년 사이에 그 힘이 최고조에 달했다. 그의 말이 곧 법이었고 게다가 그는 엄청난 부자이기도 했다. 그래서 감히 그의 말에 토를 다는 사람이 없었다. 여관 주인은 람므가 짜증을 낼 만큼이나 그에게 좋은 대접을 하려 애썼다. 그렇다고 그가 더 많은 돈을 내는 것도 아니었지만 부자가 내는 돈은 왠지 받는 사람으로 하여금 더 큰 만족을 주는 것 같아 보였다. 주인은 존경스러운 람므의 귀에 쉴 새 없이 듣기 좋은 말이나 농담을 던졌지만 그가 웃은 적은 단 한 번도 없었고 오히려 마스티프와 같은 준엄한 태도로 무뚝뚝함을 유지했다. 어쩌다 람므가 하는 수 없다는 듯이 여관 주인에게 잔돈을 몇 개 쥐어주면 세상에 더 없이 밝은 미소를 지으며 고마워했다.

"오늘 같은 날이면 돈을 캐려는 자들도 고생 좀 하겠는데?"

여관 주인이 말했다. 건물 주위로 돌풍이 불어 창문이 덜컹거리고 있었다.

"뭐? 다시 일을 시작했다는 거야?"

퇴직한 영국인 애꾸눈 장교가 말했다. 그는 이 여관의 단골 손님 중 하나였다.

"그래."

여관 주인이 대답했다.

"게다가 이번엔 느낌이 좋은 것 같던데? 최근에 운이 좀 따르나봐. 스타이브샌트의 과수원 바로 뒤에 있는 땅에서 커다란 돈 항아리를 발견했다고 했어. 소문에 의하면 네덜란드 총독이었던 피터 스타이브샌트가 오래 전에 묻어두었던 게 틀림없다더군."

"허튼 소리야!"

전쟁에서 한쪽 눈을 잃은 장교가 브랜디 잔에 약간의 물을 타며 말했다.

"믿거나 말거나, 편한 대로 해."

여관 주인이 거슬린다는 듯한 태도로 말했다.

"하지만 영국군이 여기로 쳐들어와서 네덜란드 사회에 말썽이 일자 옛 총독이 어마어마한 양의 재산을 땅속에 묻어뒀다는 얘기는 누구나 다 알고 있는 거잖아? 그리고 그 노인의 유령이 집에 걸린 초상화와 꼭 같은 옷차림으로 나타난다고도 하고 말이야."

"말도 안 돼!"

애꾸눈 장교가 소리쳤다.

"마음대로 생각해. 하지만 코니 반 잔트가 한밤중에 그를 보지 않았어? 한쪽에는 나무로 의족을 달고 손에는 그 서슬 퍼런 칼을 뽑아들고서는 이리저리 활보하고 다니는 걸 말이야. 사람들이 자꾸 자신이 파묻어둔 돈을 찾아다니며 문제를 일으키니까 유령이 출몰하는 거지, 다른 이유가 뭐가 또 있겠어?"

그때 람프 라펠예의 걸걸한 목소리가 할 말이 있다는 듯 툭 튀어나와 여관 주인의 말을 끊었다. 람프는 일개 술집 주인이 무시하고 지나기엔 너무 대단한 인물이었기 때문에 여관 주인은 그가 말을 계속 잇도록 잠시 얘기를 멈추었다. 뚱뚱한 몸집에 두려울 것이 없는 이 남자는 마치 폭발 직전의 화산 같은 모습이었다. 먼저 복부를 부풀리는 게 마치 화산폭발 전 지진이 이는 모습 같았다. 그러고는 분화구에서 연기가 피어오르듯 입으로 담배연기를 뿜어냈다. 마치 가래 낀 부위를 통해 생각을 하는 듯 목에서 그르렁거리는 소리가 들려왔다. 그러다가 목에 걸리는 게 있으면 쿨럭 하며 기침을 하기도 했다. 이윽고 느릿느릿하면서도 자신의 지갑 무게를 잘 알고 있다는 듯한 확고한 말투로 이야기를 시작했다. 말을 하려는 것인지 담배 피는 소리를 들려주는 것인지, 그의 얘기 대부분은 뻐끔거리며 담배 피는 소리가 문장 사이에서 쉼표처럼 들려왔다.

"감히 누가 스타이브샌트가 유령으로 나타난다는 얘기를 입에 올리는 거야? 쓰읍— 후— 사람을 존중하는 법도 모르나? 쓰읍— 후— 피터 스타이브샌트가 하릴없이 왜 땅에다 돈을 묻나? 쓰읍— 후— 내가 피터 스타이브샌트 가문을 잘 알지. 쓰읍— 후— 가족 전부 다 말이야. 쓰읍— 후— 맨해튼에서 그들보다 더 덕망 있는 가문을 찾기도 힘들어. 쓰읍— 후— 따듯한 마음씨에, 쓰읍— 후— 모범적인 사람들이었지. 쓰읍— 후— 당신네들 같은 졸부가 아니었어. 쓰으읍— 후우— 내 앞에서 피터 스타이브샌트 얘기는 꺼내지 않는 게 좋을 거야. 쓰읍— 후우— 쓰읍— 후우—."

이렇게 말하곤 람므는 미간을 찌푸리며 양옆으로 주름이 질 때까지 입을 합죽 다물어서는 담배를 더욱 깊게 한 모금 빨아 내뱉었다. 마치 에트나 화산 정상이 연기로 뒤덮인 듯 구름 같은 담배연기가 그의 얼굴 주위를 휘감았다.

이 갑부의 나무라는 소리에 모두들 아무런 말도 못하고 있었다. 하지만 이야기의 주제가 너무 흥미로운 것이어서 다들 쉽게 포기하지 못하는 눈치였다. 이야기는 곧 피치 프라우 반 후크의 입에서 재개되었다. 그는 이 모임의 살아 있는 역사로, 나이가 들수록 말이 많아지는 그런 사람들 중 한 명이었다.

피치는 언제든 청중들이 원한다면 한 달이라도 계속해서 이 야기를 들려줄 수 있는 사람이었다. 그는 대화를 계속 이어나 갔다. 그가 알고 있기로 돈은 여러 번에 걸쳐 섬의 이곳저곳에 나뉘어 묻혔다. 운이 좋게도 돈을 찾을 수 있었던 사람들은 하 나같이 그 이전에 돈을 발견하는 꿈을 세 번씩 꿨다. 또한 꼭 알아둬야 할 점이 있다면 옛 네덜란드인들의 후손이 아니면 결코 돈을 찾지 못한다는 것이다. 이는 그 돈이 오래전 네덜란 드 사람들에 의해 숨겨졌다는 사실을 확실히 입증하는 근거 로 작용했다.

"당신네들 네덜란드 사람들은 모두 엉터리야!"

애꾸눈 장교가 소리쳤다.

"네덜란드인들은 그 돈과 아무런 상관이 없어. 그 돈을 숨 긴 자들은 해적 키드와 그의 부하들이었기 때문이지."

장교가 핵심을 건드리자 모두들 눈을 번뜩 떴다. 키드 선장 은 당시 불가사의한 힘을 가진 것으로 여겨지던 해적으로, 수만 가지 기괴한 이야기에 빠짐없이 등장하는 인물이었다.

은퇴한 장교가 이야기를 이끌기 시작했다. 그의 이야기는 이제 키드를 넘어 모건과 검은 수염이 일삼은 약탈과 착취행위 그리고 수많은 악랄한 해적들로 주제가 넘어가고 있었다.

장교는 도전적인 성격과 전쟁 경험담으로 인해 이를 겪어보지 못한 사람들이 대부분인 이곳에서 큰 비중을 차지하는 중요한 인물로 통했다. 키드와 그의 약탈물에 대한 환상적인 이야기는 피치 프라우의 이야기를 정면으로 반박하는 것이었다. 그는 외국 해적 때문에 네덜란드 선조들의 이야기가 빛을 잃는 건 아닐까 노심초사였다. 그래도 피치 프라우는 인근 들판과 해변 어딘가에 피터 스타이브샌트와 그 당시 사람들이 숨겨둔 보물이 반드시 존재할 거라는 믿음을 포기할 수 없었다.

울버트 웨버는 한 단어도 놓치지 않고 이야기를 듣고 있었다. 그는 이 근사한 이야기에 푹 빠져들어 깊은 생각에 잠긴 채 집으로 돌아왔다. 도시에 둘러싸인 그의 성은 이제 온통 금싸라기 땅으로 보였고 밭은 온통 금은보화로 열매가 맺힌 것처럼 보였다. 겨우 잔디에 가려 보지 못했던, 헤아릴 수 없을 만큼 수많은 보물 위를 얼마나 자주 아무 생각 없이 거닐었던

가! 평생을 먹고살아도 남을 양의 보물이 바로 발밑 잔디밭에 숨어 있었던 것이다. 이런 생각에 그는 현기증이 다 날 정도였다. 그렇게나 오랫동안 저 좁은 곳에 틀어박혀서도 만족하고 살아왔던 자신의 가문 사람들이 떠올랐다. 그는 자신이 타고난 운명을 생각하니 울화통이 터졌다.

"지지리 복도 없는 놈!" 그가 스스로에게 소리쳤다.

"다른 사람들은 그저 잠자리에 들어 금맥을 캐는 꿈만 꾸면 되는 것이었는데! 아침부터 삽질할 필요도 없이 그저 감자를 캐내듯 그렇게 금화를 줍기만 하면 되는 사람도 있었는데! 나는 꿈속에서도 고생길에다 매년 겨우 배추나 뼈 빠지게 뽑고 있었으니!"

울버트 웨버는 무거운 마음을 안고 잠자리에 들었다. 자꾸 눈앞에 떠다니는 보물들 생각에 쉽게 수면을 취할 수 없었다. 가까스로 잠들었지만 꿈속에서도 그는 보물에서 벗어날 수 없었고 그것들은 오히려 더 명확하게 다가왔다. 꿈속에서 그는 엄청난 양의 보물을 배추밭 한가운데서 발견했다. 삽질을 한 번 할 때마다 금괴가 나오고 다이아몬드가 흙더미 사이에서 반짝거렸다. 엄청난 양의 외국 동전이니 오래된 스페인 금화가 든 돈가방이 발견되기도 했다. 포르투갈 금화, 더컷 금화, 스페인 은화가 가득 든 궤짝이 내용물을 토해놓은 채 그의 환희에 찬 눈앞에 입을 쩍 벌리고 있었다.

울버트는 그 어느 때보다 우울하게 아침을 맞았다. 그는 일상으로 돌아갈 마음이 없었다. 그런 것들은 모두 보잘것없고 헛된 것이라는 생각이 들었다. 그가 온종일 하는 일이라곤 화롯가에 앉아 불 속에 쌓여 있는 금괴의 환영을 쳐다보는 것뿐이었다. 다음 날에도 그는 똑같은 꿈을 꾸었다. 밭은 온통 삽으로 파헤쳐져 보물 상자가 드러났다. 똑같은 꿈이 반복되다니 이상한 노릇이었다. 하루는 대청소 날인데도 울버트 웨버만 공상에 빠져 시간을 보냈다. 여느 네덜란드 가정집처럼 집 안이 온통 뒤죽박죽이 되었음에도 오직 그 혼자 미동도 않고 종일 의자에 앉아 하루를 허비했다.

사흘째 밤, 그는 떨리는 가슴을 안고 잠자리에 들었다. 그는 행운을 빌기 위해 그의 빨간 수면모자를 뒤집어썼다. 늦게까지 뒤척이다가 새벽에야 잠들 수 있었다. 꿈에 다시 금을 캐는 자신이 등장했다. 이번에도 그의 배추밭은 금괴며 돈다발로 넘쳐났다.

다음 날 아침 울버트는 잠에서 깨어 당혹감을 감출 수 없었다. 똑같은 꿈이 세 번이나 반복되다니, 거짓일 리가 없다고 생각했다. 만약 그렇다면 소원이 이루어진 것이다. 마음이 동요된 그는 조끼의 앞뒤를 바꿔 입었다. 자신에게 찾아온 행운을 확실하게 잡아두기 위함이었다. 그는 이제 배추밭 어디쯤엔가 엄청난 양의 돈이 어서 누군가가 발견해주길 바라며 묻혀 있다는 걸 굳게 믿고 있었다. 그는 지금껏 땅속으로 파내려가볼 생각은 하지도 못하고 허구한 날 밭의 표면만 갈고 있었던 자신의 행동에 부아가 치밀어 올랐다.

아침 식사 자리에 앉아서도 그의 머릿속은 온통 금괴 생각뿐이었다. 딸에게 각설탕 대신 금 조각을 넣어 달라고 부탁하는가 하면, 아내에게 핫케이크 위에 더블룬 금화를 뿌려달라고 부탁하기도 했다. 이제 그의 가장 큰 고민은 어떻게 하면 이 엄청난 돈의 존재를 아무도 모르게 하는가였다.

그는 낮 시간에 일을 하러 나가는 대신 밤에 몰래 침대를 빠져나왔다. 삽과 곡괭이를 가지고 아버지로부터 물려받은 땅의 이쪽 끝에서 저쪽 끝까지 파헤쳐 나가기 시작했다. 얼마 가지 않아 멀쩡했던 배추밭은 엉망이 되고 말았다. 잘 짜인 군대의 대열처럼 배추들이 줄지어 모여 있던 그곳은 이제 완전히 폐허로 변해버렸다. 머리엔 수면 모자를 쓰고 손에는 전등과 삽을 든 이 무자비한 울버트가 지나간 자리에는 학살의 현장만이 남았다. 이제 그는 자신이 가꾸던 배추의 세계에서 모든 걸 파괴하는 신의 사자가 되어 있었다.

매일 아침 그 전날 밤 배추밭에 자행된 참화의 현장을 확인할 수 있었다. 잘 익은 것이든 아니든 상관없이 눈에 보이는 배추란 배추는 죄다 뿌리가 뽑혀 잡초처럼 땅에 널브러져 뜨거운 태양 아래 시들어갔다. 그의 아내가 타일러도 봤지만 소용없는 일이었다. 금송화가 짓밟힌 걸 본 그의 사랑스러운 딸의 눈물도 소용없었다.

"보물은 다 네 것이 될 거다."

딸의 턱을 문질러주며 그가 말했다.

"금이며 은으로 줄을 꿰어 네 결혼 기념 목걸이로 쓸 수도 있지."

아내와 딸은 울버트가 하는 말이 농담이 아니라는 사실에 겁이 났다.

그는 잠이 든 상태에서도 땅에 묻힌 진주며 다이아몬드, 금괴에 대해 중얼거렸다. 낮 동안 그는 축 가라앉은 채 멍하니 있거나 꿈속에 있는 듯 이리저리 돌아다녔다. 웨버 부인은 마을의 다른 여자들과 자주 만남을 가졌다. 그녀가 남편에 대해 조언을 구하거나 하소연을 늘어놓으면 문 옆으로 난 창문을 통해 둘러앉은 여러 개의 하얀 모자들이 양옆으로 흔들리는 게 보였다. 그의 딸도 연인인 더크 왈드론을 자주 만나며 그에게서 위로와 위안을 얻으려 했다. 집안을 즐거운 공기로 가득 채우던 그녀의 노래는 서서히 들리지 않게 되었고, 그녀는 뜨개질하던 것도 멈추고 난롯가에 앉아 무언가에 골몰하고 있는 아버지의 얼굴을 보며 안타까워했다. 하루는 잠시 동안 황금의 꿈에서 깨어난 울버트가 자신을 안타까운 듯 바라보는 딸의 눈빛을 보며 말했다.

"애야, 힘내거라."

그가 의기양양하게 말했다.

"왜 그렇게 의기소침해 있느냐? 너도 언젠가 브린커호프나 슈어메르혼, 반 혼즈 그리고 반 담스와 같은 사람들*과 어깨를 나란히 하게 될 거야. 성 니콜라스의 은총이 함께하여 패트룬은 너를 며느리로 맞아들일 수 있다는 사실을 감사해야 할 거야!"

에이미는 허영심에 떠들어대는 부친을 보고 머리를 가로저었다. 멀쩡하던 사람이 이 지경이 되고 나니 한탄이 절로 나왔

---

* 브린커호프, 슈어메르혼, 반 혼즈 그리고 반 담스 – 네덜란드 출신으로 뉴욕의 옛 이름인 뉴 암스테르담에서 부유하고 영향력이 높았던 인물들.

다. 그러는 사이 울버트는 계속해서 땅을 파내려가고 있었다. 하지만 그가 가진 토지는 꽤 넓었고 꿈에서 특정 지점을 지정해준 게 아니었기 때문에 그는 무작정 아무 곳이나 파봐야 했다. 1할 정도 일이 진전되었을 때 겨울이 찾아왔다. 땅은 얼어서 딱딱해졌고 삽질을 하러 밤에 집을 나서는 것도 추워진 날씨 때문에 쉽지 않은 일이었다.

날씨가 따듯해져 얼었던 땅이 녹고 작은 개구리들이 잠에서 깨어나 우는 소리가 들려오려면 한참이나 남은 시점이었다. 하지만 울버트 웨버는 힘을 내어 다시 일에 열중했다. 그가 일하는 데 들이는 시간도 더 늘어만 갔다. 채소를 심고 가꾸며 하루 종일 열심히 일하는 대신 생각에 잠겨 하릴없이 시간을 보내다가 밤이 되면 어김없이 삽질을 하러 조용히 밖으로 향했다. 이런 식으로 그의 삽질은 날이 바뀌고 달이 바뀔 때까지 계속됐지만 땡전 한 푼 발견하지 못했다. 반대로 그의 삽질이 계속될수록 땅 밑에 있던 자갈모래가 표면을 뒤덮어 모래만 남은 불모의 땅이 되어버렸다.

이러는 동안 시간도 서서히 흘러갔다. 이른 봄날 목초지에서 개굴거리던 작은 개구리들은 뜨거워져 가는 여름의 태양 속에 몸집이 불어 우는 소리가 황소개구리만큼 커지더니 이

옥고 그 소리도 잦아들었다. 복숭아나무에는 싹이 나고 꽃이 피더니 어느새 열매가 맺혔다. 제비와 흰털발제비가 지저귀며 찾아와 지붕 밑에 둥지를 틀고 새끼를 낳고 처마 밑에서 한바탕 집회도 열더니 다시 따뜻한 기후의 다른 지방으로 날아가버렸다. 애벌레는 실을 뽑아 고치를 만들어 집 앞 커다란 플라타너스 나무에 매달려 있더니 어느새 나방이 되어 여름 햇살의 마지막 자락과 함께 어디론가 날아가버렸다. 플라타너스 잎은 색이 바래 처음엔 노란색에서 점점 짙은 갈색으로 변하더니 하나둘씩 땅에 떨어져 바람에 이리저리 휘날리다 바스러져 먼지가 되었다. 이 모든 것들이 겨울이 성큼 다가왔음을 말해주고 있었다.

해가 바뀌면서 울버트 웨버는 꿈에서 점점 깨어나고 있었다. 겨울을 나기 위한 경작물도 전혀 준비되지 않은 상황이었다. 그해 겨울은 길고도 혹독했다. 그의 가족은 난생 처음으로 궁핍한 생활을 경험했다. 냉혹한 현실을 통해 허황된 꿈에서 깨어났던 여타 사람들처럼 울버트의 마음속에서도 수많은 생각들이 떠오르기 시작했다. 당연한 결과라는 생각이 들기 시작했다. 그는 벌써 이 부근에서 자기보다 운이 나쁜 사람은 없을 거라고 생각하고 있었다. 헤아릴 수 없을 정도로 어마어마한 양의 보물을 발밑에 두고도 찾지 못하고 있으니 말이다. 찾지 못한 수천 파운드에 이르는 돈을 두고 몇 푼 되지도 않는 돈에 쩔쩔매야 한다는 사실이 그에게는 너무나 잔인한 현실로 다가왔다.

그의 얼굴은 온갖 고뇌와 걱정으로 초췌해져갔다. 그는 눈에 불을 켜고 돈을 찾아 돌아다녔다. 주머니에 아무것도 넣을 물건이 없으면 으레 그렇듯 바지주머니에 손을 찔러 넣고 눈은 땅을 향한 채 떨어진 동전이라도 주울 요량이었다. 노인들을 위한 요양원을 지날 때에도 그는 마치 자신의 미래가 거기에 있는 듯 슬픈 표정으로 그곳을 바라보았다.

그의 이상한 행동과 차림새는 사람들의 이목을 더욱 집중시켰다. 처음 오랫동안 사람들은 그가 미쳐버렸다고 생각해 모두들 그를 가엾게 여겼다. 하지만 나중에는 그저 가난한 사람 취급을 하며 모두들 그를 피해 다녔다. 여전히 부자인 그의 오랜 지인들은 그가 부르면 문밖으로 나가 반갑게 맞아주었고 헤어질 땐 손을 꼭 쥐어주는 등 따뜻하게 대해주었다. 하지만 그가 멀어지는 뒷모습을 보면 고개를 내저으며 '불쌍한 울버트'라는 말이 절로 입 밖으로 나왔다. 간혹 길을 걷다 우연히 멀리서 다가오는 울버트의 모습을 발견하게 되면 얼른 골목

귀퉁이로 몸을 숨기기도 했다.

세상에서 가장 불쌍하고 떠들썩한 부랑자들인 이발사와 인근의 구두수선공, 뒷골목의 누더기 차림 재단사들마저도 울버트를 연민에 찬 눈빛으로 바라보았다. 그들의 주머니가 비어 있기 망정이지 그렇지 않았다면 그들은 울버트에게 동전이라도 몇 푼 쥐어주고 싶을 정도였다.

모두가 웨버의 저택 근처로는 얼씬도 하지 않았다. 마치 가난이라는 것이 전염병이라도 되는 것처럼 행동했다. 하지만 소박한 청년인 더크 왈드론만은 여전히 웨버 가 딸을 보기 위해 몰래 그 집을 드나들었다. 젊은이의 사랑은 그녀의 재산이 없어질수록 더욱 깊어져만 가는 것 같았다.

시골 여관에 발길이 끊긴 지도 오래 지났다. 어느 토요일 오후 그는 궁핍과 실의에 찬 생활에 대해 깊은 상념에 빠져 정처 없이 걷고 있었다. 생각에서 벗어나 정신을 차리자 그의 발길이 이끈 곳은 여관 앞이었다. 잠시 그는 문을 열고 들어가야 할지 말아야 할지 망설였다. 하지만 그의 마음은 사람을 그리워하고 있었다. 망해버린 사내가 선술집 말고 또 어디에서 말 붙일 상대를 찾을 수 있겠는가? 제정신인 사람이 한 명도 없어 망신당할 일이 전혀 없는 그런 곳 말이다.

울버트는 여전히 낯익은 얼굴들을 볼 수 있었다. 그들은 예전 그대로 같은 자리, 같은 의자에 앉아 있었다. 하지만 달라진 게 하나 있었다. 위대한 람므 라펠예가 보이지 않았던 것이다. 그가 앉아 있어야 할 가죽의자에는 대신 어떤 낯선이가 자리를 차지하고 있었다. 그는 그 자리와 이 술집에서 매우 편안해 보였다. 키는 작았지만 탄탄한 몸이 두껍고 각진 체형에 근육질의 몸매를 하고 있었다. 그의 넓은 어깨와 유연해 보이는 몸, 활처럼 휜 무릎만 보더라도 그가 얼마나 강인한 사람인지 알 수 있었다. 그의 얼굴은 까무잡잡하여 온갖 풍상을 다 겪은 것처럼 보였다. 칼에 베인 것처럼 보이는 깊은 상처가 그의 코를 가로질러 윗입술까지 나 있었다. 그 사이로 보이는 허연 치아가 마치 불독의 이빨처럼 반짝이고 있었다. 철회색의 머리카락은 그의 험상궂은 용모를 더욱 소름끼치게 만들었다. 그의 옷은 육지와 바다 어디에서도 입을 수 있는 것이었다. 그가 쓴 모자는 가장자리에 낡은 끈이 달린, 한쪽 끝이 뾰족한 것으로 군인들이나 쓸 것 같은 모양이었다. 황동 단추가 달린 낡은 푸른색 외투와 무릎 주변에 주름이 잡힌 펑퍼짐한 반바지를 입고 있었다. 그는 주위에 있는 모든 사람들에게 고압적인 태도로 명령했다. 커다란 말소리는 마치 장작이 쪼개질 때 내는

소리 같았다. 그가 여관 주인을 위시한 그곳 사람들에게 해를
끼치는 것 같진 않았지만 여관 주인은 절대 권력자였던 람프
에게 하던 것보다 훨씬 순종적인 태도로 그의 시중을 들고 있
었다.

울버트는 이 오래된 마을의 절대권력을 차지한 이 낯선이가
누구인지 그리고 이곳에서 무엇을 하려는 것인지 궁금해졌
다. 피치 프라우가 그를 홀 구석으로 데려갔다. 거기서 그는
한껏 목소리를 낮추어 경계하며 이 새로운 인물에 대해 알고
있는 모든 것을 울버트에게 알려주었다.

몇 달 전 비바람이 몰아치던 어느 날 밤 늑대 울음소리 같은
반복되는 고함소리가 이곳 여관 안까지 들려왔다. 그 소리는
바다로부터 들려왔으며 뱃사람들이 서로를 부르는 방식으로
"어이, 거기! 집안에 아무도 없어?" 하고 외치고 있었다. 그
소리에 잠에서 깬 주인장은 급사장과 바텐더, 마부 그리고 커
프라는 심부름꾼과 함께 밖으로 나가보았다. 소리가 들려오
는 쪽으로 가보니 이 남자가 참나무로 만든 커다란 궤짝 위에
홀로 앉아 있더라는 것이다. 그가 어떻게 거기까지 다다랐는
지는 아무도 알 수 없었다. 해변까지 배를 타고 왔을 수도 있
고 혹은 먼 바다에서부터 그 궤짝 하나에 의지해 이곳까지 떠

밀려 왔을 수도 있다. 그의 외모와 태도에는 쉽게 질문을 던지기 힘들게 만드는 그 어떤 것이 있었고, 질문을 하더라도 대답을 기대하기 힘들어 보였다.

그는 여관의 구석방 하나를 차지하더니 제일 먼저 그의 궤짝을 방에 옮겨놓았다. 그 이후로 그는 여관과 그 주변을 오가며 지금까지 머무르던 중이었다. 때때로 그는 하루나 이틀 혹은 사흘 동안 어디로 간다는 말도 없이 사라졌다가 다시 이곳으로 돌아오곤 했다. 그럴 때마다 그는 항상 많은 돈을 가지고 돌아왔다. 그렇게 주기적으로 잠자리에 들기 전 저녁 무렵에 방세를 계산했다.

그는 자신의 기호에 맞게 방을 꾸몄다. 침대 대신 천장에 해먹을 설치하고 녹슨 총과 이국풍 단검으로 벽을 장식했다. 그는 대부분의 시간을 이 방 안에서 보냈다. 해협이 바라보이는 창가에 자리를 잡고 앉아 짤막한 구식 파이프를 입에 물고 럼 토디 한 잔을 옆에 두고는 작은 망원경으로 바다 위를 움직이는 배들을 일일이 감시하고 있었다. 가로돛을 단 커다란 선박이 나타나면 힐끔 쳐다보기만 할 뿐 주의를 기울이지 않다가도 삼각형 돛을 단 배나 바지선, 범선, 소형 보트 같은 걸 발견하게 되면 면밀히 관찰했다.

낯선 사내의 이러한 이상한 행동도 딱히 큰 이목을 끄는 것은 아니었다. 당시 맨해튼은 다양한 출신의 온갖 종류의 사람들이 드나드는 곳으로서 옷차림이나 행동에 특이한 점이 있다 해도 사람들은 상관치 않았다. 하지만 얼마간 시간이 지나자 어디선가 갑자기 나타난 이 바다 괴물은 여관의 오래된 손님들이 유지해오던 관습이나 관행 따위를 무시하고 짓밟기 시작했고 구주희 놀이장이나 바에서 일어나는 일에 서도 전횡을 일삼더니 결국 여관 전체에 통제권을 행사하게 되었다. 그의 권위에 맞서는 것은 아무 소용없는 일이었다. 걸핏하면 싸움을 시작하는 성격은 아니었지만 거칠고 위압적인 면이 있었다. 마치 갑판 위에서 부하들을 다스리는 것에 익숙한 사람처럼 말이다. 그리고 그의 언행에는 물불을 가리지 않는 저돌적인 면이 있어서 주위에서 누구도 그와 문제를 만들고 싶지 않았다. 그 클럽에서 오랫동안 잔뼈가 굵은 퇴역장교마저도 곧 그의 앞에서는 고양이 앞의 쥐처럼 얌전해졌다. 주민들은 일촉즉발의 성격을 자랑하던 그조차 그렇게 사그라지자 어찌할 바를 몰랐다.

그리고 그가 들려주는 경험담은 사람들의 머리를 쭈뼛거리게 만들만큼 무시무시한 것들이었다. 이곳은 과거 20년 동안

단 한 번의 해전이나 습격, 약탈이 일어나지 않은 마을이었다. 하지만 그 남자는 반대로 이런 것들에 대해 완벽하게 꿰뚫고 있었다. 그는 서인도제도와 스페니쉬 메인에서 일어난 해적들의 공적에 대해 이야기하길 좋아했다. 이런 얘기를 할 때면 그의 눈에 빛이 반짝일 정도였다. 특히 보물을 싣고 가던 배를 요격하던 때를 묘사하던 그의 눈은 얼마나 반짝반짝 빛났는지! 필사적인 전투와 돛과 돛이 부딪히고 뱃전과 뱃전이 충돌하는 가운데 스페인 갈레온선에 올라 점령하던 때를 묘사하는 그의 얼굴은 거의 희열을 느끼는 것처럼 보였다. 부자 스페인 식민지를 무너뜨리고 그곳의 교회와 수도원을 약탈하던 모습을 묘사하던 때 그 낄낄거리는 웃음소리란! 보물의 위치를 알아내기 위해 어느 스페인 남자를 불로 지지던 부분에서는 마치 미켈마스 축전 때 먹는 향긋한 거위구이를 게걸스럽게 먹어치우는 사람에게 얘기를 듣는 것 같았다. 너무 세세한 묘사에 사람들은 의자 위에서 불편하다는 듯 몸을 들썩였다. 이 모든 이야기를 들려주는 내내 그는 순수한 희열을 느끼는 것처럼 보였다. 마치 아주 재미있는 농담을 하듯이. 그러다 갑자기 옆에 앉은 사람을 눈에 힘을 주어 힐끗 쳐다보면 그 불쌍한 남자는 겁에 질려 억지웃음을 짓곤 했다. 한 사람이라도 그의 이야기에 토를 달거나 반발하면 그는 즉시 불같이 화를 냈다. 끝이 뾰족한 그의 모자는 그의 거친 성격을 대변하는 것 같았다.

"여기에 대해 나만큼 알고 있다는 건가? 나는 있었던 일을 그대로 말할 뿐이야."

이런 식으로 말하며 이 평화로운 마을에서는 한 번도 들어보지 못한 뱃사람들 특유의 욕지거리를 쏟아내곤 했다.

마을 사람들은 그가 지금까지 한 이야기들보다 훨씬 많은 이야기를 알고 있을 거라 추측했다. 그에 대한 온갖 억측이 난무하기 시작했다. 그가 이곳에 나타난 이상한 방식이라든지 이상한 그의 성격, 그를 둘러싼 신기한 일들까지. 이 모든 것들이 마을 사람들의 눈에는 이해하기 힘든 것이었다. 사람들에게 그는 바다의 괴물이었다. 인어이자 베헤못, 리바이어던이었다. 한마디로 말해 아무도 그가 누구인지 알지 못했다.

이 거친 뱃사람의 횡포는 날이 갈수록 도를 넘어섰다. 그는 다른 사람들을 존중할 줄 몰랐다. 이 마을에서 가장 부자라 하더라도 망설임 없이 반대 의견을 피력했다. 결국엔 람므 라펠예의 권위의 상징이었던 신성한 안락의자도 그가 차지하고 말았다. 그는 이것도 모자라 이 전지전능했던 람므의 등을 툭 툭 치고는 그가 마시던 토디를 빼앗아 들고 윙크를 해보이기까지 했다. 도무지 믿어지지 않는 일이었다. 그 후로 람므는 이 여관에 더 이상 모습을 나타내지 않았다. 이런 식으로 명성이 자자했던 몇몇 다른 인물들도 람므의 전례를 따랐다. 그 부자들도 자신들의 의견이 묵살되거나 다른 사람들에 대한 농담에 억지로 웃어줘야만 하는 걸 참을 수 없었던 것이다. 여관 주인은 거의 낙담에 빠졌다. 하지만 그도 그 바다괴물과 그가 가지고 온 궤짝을 없애버릴 방법을 알지 못했다. 그 둘은 그렇게 건물의 일부가 되어가고 있었다.

이것이 피치 프라우가 조심스럽게 울버트에게 들려준 이야기의 전말이다. 홀의 구석에 울버트를 세워놓고 이야기를 늘어놓는 내내 입구 쪽을 힐끔거리며 이 이야기의 주인공에게 자신의 목소리가 들리진 않을까 걱정하는 눈빛이었다.

울버트는 방의 반대편에 자리를 잡고 앉아 침묵에 빠졌다. 해적의 역사를 꿰고 있는 이자로부터 알 수 없는 경외심이 느껴졌다. 존경받던 람므 라펠예가 권좌에서 쫓겨나게 된 것, 거친 뱃사람으로서 안락의자에 앉아 명령을 내리고 원로들에게까지 큰소리 칠 수 있는 위치까지 서게 된 것, 이 작고 조용했던 공간을 큰소리와 언쟁과 허세로 가득 채웠다는 것, 이 모든 것이 울버트에게는 강력한 제국에 대한 혁명의 예시로 보였다.

낯선 이는 오늘따라 말을 많이 하고픈 눈치였다. 그는 바다 한가운데서 벌어지는 약탈이며 방화와 관련된 이야기를 늘어놓았다. 그는 점잖은 청중들에게 더 큰 충격을 주려는 듯 잔인한 내용을 부각시켜가며 기묘한 태도로 이야기를 이어갔다. 스페인 상선을 침탈하던 장면에서는 한껏 허풍을 떨기도 했다.

어느 긴 여름날, 그 배는 해적들의 소굴인 후미진 바닷가 주변에 조용히 떠 있었다. 해적들은 해변에서 망원경을 통해 배의 특성과 무장 정도를 알기 위해 배를 살펴보고 있었다. 밤이 되자 그들 중에서도 특히 담력이 센 선원들이 작은 구조용 보트를 타고 스페인 상선으로 향했다. 소리가 나지 않게 노를 저어 잔잔한 바다 위에 몸을 맡긴 채 돛을 펄럭이며 가만히 떠 있는 상선으로 향했다. 그들은 갑판 위의 보초들이 눈치 채기 전에 상선의 선미 아래에 다다랐다. 자신들의 정체가 발각되자 해적들은 갑판 위로 소화탄을 던진 후 한 손엔 칼을 든 채 배에 달린 쇠사슬을 타고 배 안으로 침투했다.

혼란 속에 선원들은 허둥지둥 대며 무기를 찾았다. 그러면서 해적들이 던진 소화탄에 맞아 쓰러지는 사람들이 있는가 하면 돛을 타고 올라 피신하는 사람, 배 밖으로 내던져져 물에 빠져 죽는 사람, 주갑판에서 선미까지 육탄전을 벌이는 사람도 있었다. 그들 중에서도 아내를 둔 세 명의 스페인 신사들이 가장 격렬하게 끝까지 저항했다. 그들은 선실로 향하는 계단을 지키고 서서 습격자들을 막아내고 있었다. 선실에서 들려오는 여자들의 날카로운 비명소리에 그들도 미쳐 날뛰며 맹렬히 싸웠다. 그중 가장 나이가 많던 남자는 곧 해치워졌다. 나머지 둘은 끝까지 강건하게 맞서고 있었다. 그들이 상대하는 무리에는 해적 우두머리가 있었음에도 불구하고 말이다. 바로 그때 주갑판에서 승리감에 젖어 "이 배는 우리가 접수했다!"라고 외치는 소리가 들렸다. 그 소리에 한 명은 무기를 버리고 투항했다. 마지막 한 명은 가장 성깔머리가 있던 젊은이로 갓 결혼한 새신랑이었다. 그의 칼부림에 해적 선장의 얼굴은 속살이 다 벌어질 정도였다. 우두머리는 명료한 말투로 말했다.

"네놈에게 자비란 없어."

"그래서 포로들은 어떻게 했소?"

이야기를 경청하던 피치 프라우가 물었다.

"죄다 바다에 던져버렸어."라는 대답이 돌아왔다. 쥐죽은 듯한 적막이 사위를 감쌌다. 피치 프라우는 조심성 없이 잠자는 사자의 코털을 건드린 사람처럼 조용히 뒤로 풀썩 주저앉았다. 마을 사람들은 이 낯선 이의 얼굴을 가로지르는 깊게 패인 상처를 겁에 질린 듯 바라보며 의자를 뒤로 밀어 그에게서 멀리 떨어져 앉았다. 그런 사람들의 변화를 알아채지 못했는지 혹은 알면서도 모르는 척하는 건지, 이 뱃사람은 가만히 담배만 피고 있었다.

적막을 깨뜨린 건 퇴역장교였다. 그는 끊임없이 이 바다의 폭군에게 승산 없는 싸움을 걸고 있었다. 이번 기회를 통해 실추된 지위를 되찾으려 하고 있었다. 낯선 이가 들려준 이야기만큼이나 엄청난 이야기로 대응했다. 이야기의 주인공은 이번에도 해적 키드였다. 퇴역장교는 이 마을에 떠도는 그에 대한 모든 구비전설을 죄다 끌어와 이야기를 시작했다. 뱃사람은 이 애꾸눈 전사에게 항상 적의를 내보이고 있었다. 이야기가 진행되는 동안 그는 한 손을 허리춤에 두고 다른 한쪽은 테이블 위에 괴어 그 손에 들고 있던 파이프로 성마르게 연기를 내뿜으며 꼰 다리의 한쪽 발로 바닥을 탁탁 치며 얘기를 쏟아내는 장교를 향해 날카로운 시선을 던지고 있었다. 이야기는 막바지에 접어들어 키드가 약탈물을 숨기기 위해 그의 부하들과 허드슨 강을 거슬러 올라가는 대목에 다다랐다.

"키드가 허드슨 강을 올랐다고?"

뱃사람이 버럭 소리쳤다.

"키드는 허드슨 강을 거슬러 올라간 적이 없어!"

"아니, 키드는 허드슨 강을 거슬러 올라갔어!"

장교가 맞받아쳤다.

"그렇고말고. 당연히 거길 올라갔지. 그리고 그는 강 쪽으로 툭 튀어나온 평지에 엄청난 양의 보물을 묻었지. 데블스 단스 카머, 바로 그곳에 말이야."

"데블스 단스 카머 같은 소리하고 있네!"

뱃사람이 소리쳤다.

"네놈 따위가 키드에 대해서 뭘 안다고 떠들어?"

"뭘 아냐고?"

퇴역장교가 맞받아쳤다.

"런던에서 그의 재판이 열렸을 때 내가 바로 그 자리에 있었어. 그의 목이 교수대에 걸리는 걸 기쁜 마음으로 바라봤지."

"아이고, 그러시구먼! 찌그러진 신발마냥 계집애 같은 녀석의 교수형을 어디서 보고 와서는!"

퇴역장교에게 얼굴을 들이밀며 그가 말했다.

"그걸 구경하느라 풋내기 녀석들이 바글거렸지. 그놈들이 대신 목매달렸어야 하는 건데!"

퇴역장교는 아무 말도 하지 않았다. 가슴속에 짓눌린 울분이 하나뿐인 그의 눈에서 마치 타오르는 석탄처럼 이글거리고 있었다.

한시라도 입을 다물지 못하는 피치 프라우는 '그분'의 말이 옳다고 생각했다. 키드는 허드슨 강변에 돈을 묻은 적이 없었다. 사람들은 그럴 거라 믿고 있지만 그 주변으로는 어디에도 돈이 묻혀 있지 않았다. 이 근방에 돈을 묻어놓은 사람이 있다면 그것은 브레디쉬와 다른 무리의 해적들이었다. 그 장소마저도 확실치는 않아 터틀베이라 하는 이도 있었고 롱아일랜드 혹은 헬게이트 근처라고 하는 이도 있었다.

"아, 그러고 보니."

이번에는 피치 프라우가 말을 이어갔다.

"오래전 일이지만, 샘이라는 흑인 어부의 이야기가 떠오르는구먼. 뭐, 해적과 관련이 있다는 사람도 있고. 하지만 여기 모인 사람들은 다 친구니까 길지도 않은 얘기, 내가 들려주도록 하지. 오래전 어느 칠흑 같던 밤이었어. 검둥이 샘이라고도 불리는 그가 헬게이트 근처에서 고기잡이를 마치고 집으로 돌아오는 길이었는데……."

이야기는 채 진전되기도 전에 그 낯선 사람에 의해 중단되었다. 그는 주먹으로 테이블을 꾹 누르고 있었다. 그 힘이 얼마나 대단한지 테이블에 자국을 남길 정도였다. 성난 곰이 이를 드러내는 듯한 표정으로 사람들을 쏘아보며 의미심장하게 고개를 끄덕이며 말했다.

"이봐들, 해적들과 그들의 물건에 대해서라면 가만히 있는 게 좋을 거야. 늙은이들이 이러쿵저러쿵 참견할 일이 아니야. 그들은 목숨을 걸고 싸워 이긴 덕분에 그 돈을 차지한 거라고. 분명히 말하건대, 그 돈을 건드리는 자는 기필코 악마의 대가를 치러야 할 거야."

갑작스러운 고함에 방 안은 쥐죽은 듯 조용해졌다. 피치 프라우는 몸을 움츠렸고 애꾸눈 장교마저 얼굴이 하얗게 질려버렸다. 방의 그늘진 구석에서 보물에 대해 하나도 빠짐없이 듣고 있던 울버트는 이 용감무쌍한 해적에게서 일종의 두려움과 숭상의 마음이 뒤섞인 감정을 느끼며 그를 바라보았다. 실제로 울버트는 그가 해적이 아닐까 생각했다. 그가 들려주었던 스페니쉬 메인에 대한 이야기를 떠올리면 짤랑거리는 금화 소리가 들리는 듯했고, 반짝이는 보석이 눈앞에 아른거리는 것 같았다. 그런 물건들이라면 어느 시대를 막론하고 그 가치를 인정받을 수 있다. 울버트는 남자의 궤짝 안에 뭐가 들었는지 알 수 있는 기회를 얻기 위해서 뭐든 할 수 있을 것 같았다. 그의 상상이 만들어낸 금으로 만든 성배와 십자가상, 더블룬 금화가 가득 찬 돈뭉치들이 공중에 떠다니고 있었다.

그들 사이에 흐르던 죽음 같은 정적은 결국 그 낯선이에 의해 깨졌다. 그는 오래전에 외국에서 만들어진 것 같은 커다란 회중시계를 꺼내들었다. 울버트의 눈에는 스페인제가 틀림없어 보였다. 태엽을 건드리니 10시를 알렸다. 뱃사람은 계산서를 가져오라고 하더니 외국 동전을 한 움큼 쥐어 내놓고는 남을 술을 털어 넣고 인사도 없이 자기 방으로 사라졌다. 쿵쾅거리며 계단을 오르는 소리에 섞여 뭐라고 중얼거리는 소리가 들려왔다.

그가 사라지자 남은 사람들은 끊겼던 얘기 주제로 다시 돌아갈 수 있었다. 방 여기저기를 돌아다니는 낯선 남자의 발소리가 들려오는 턱에 사람들은 마음을 졸여야 했다. 피치가 들려주려던 이야기의 주제는 매우 흥미로운 것이라 계속 이어나가지 않을 수 없었다. 대화에 푹 빠져 있는 동안 폭풍우가 몰려오는 것도 모를 정도였다. 억수 같이 내리는 비 때문에 폭풍우가 멎을 때까지는 집으로 갈 생각도 못 하고 꼼짝없이 이곳에 머물러 있어야 할 터였다. 그들은 무례하게 끊겨버린 이야기를 계속 해달라는 듯이 자리를 당겨 한곳으로 모여들었다. 그는 즉시 제안에 응하여 다시 이야기를 시작했다. 하지만 겨우 숨소리보다 약간 큰 소리로 속삭이듯 말했다. 천둥소리에 묻혀 잘 들리지 않을 때도 있었다. 머리 위에서 무거운 발자국 소리가 들리기라도 하면 덜컥 겁에 질려 얘기를 멈추고 그 낯선 사람의 동태를 살피듯 귀를 기울이기도 했다.

그가 들려준 이야기의 요지는 다음과 같았다.

블랙 샘을 모르는 이는 아무도 없었다. 보통 더러운 샘이라고 불리는 이 나이든 흑인 어부는 반세기 동안이나 이 작은 해협에서 고기잡이를 업으로 삼고 있었다. 오래전 샘이 젊을 때의 일이다. 그때만 하더라도 샘은 여느 젊은이들처럼 부지런하게 생활하고 있었다. 그는 롱아일랜드에 있는 킬리안 쉬담의 농장에서 일했는데 그곳에서의 일과가 일찍 끝나게 되면 남은 하루는 헬게이트 근처에서 낚시로 시간을 보내곤 했다.

인근 해류의 세기나 방향에 대해서는 자기 손바닥 보듯 잘 알고 있던 그는 작은 보트만 가지고도 파도를 잘 읽을 줄 알았으며 '암탉과 병아리들'에서 '돼지 등'으로, '돼지 등'에서 '항아리'로, '항아리'에서 '프라이팬'으로 마음대로 바다를 누볐다. 하지만 고기 잡는 재미에만 푹 빠져 있던 샘은 물결이 갑자기 거세진 것을 눈치채지 못했다. 주위에서 들려오는 소용돌이와 회오리바람의 그르렁거리는 소리에 그제야 위험을 느낀 샘은 물 위로 드러난 바위와 부서지는 파도 사이를 헤집고 안전한 곳으로 배를 몰아봤지만 쉽지 않았다. 겨우 블랙웰섬에 다다른 그는 닻을 내리고 다시 집으로 돌아갈 수 있는 정도로 파도가 잦아들기를 기다리고 있었다. 그러나 저녁이 되도록 바다는 더욱 거칠어져만 갔다. 서쪽에서부터 커다란 검은 구름이 몰려왔다. 천둥이 치는 소리와 번쩍이는 번갯불을 보아하니 폭풍우가 코앞에 다가왔음이 틀림없어 보였다. 샘은 바람의 영향이 미치지 않은 곳을 찾아 맨해튼 섬의 한쪽 구석 쪽으로 노를 저었다. 해안을 따라 파도를 헤쳐가던 그는 이윽고 가파르게 솟은 바위 아래 조용한 후미진 곳에 다다랐다.

병풍처럼 둘러싼 절벽 덕분에 바람이 세지 않은 그곳에는 바위가 있었고, 그는 바위 아래 갈라진 틈 사이에 난 넓게 잎이 핀 나무뿌리에 배를 묶어뒀다.

돌풍이 불어 강물 위로 하얀 포말을 일으켰다. 빗방울이 나뭇잎들 사이로 후드득 소리를 내며 떨어졌다. 천둥소리가 요란하게 울려 퍼졌고 번갯불은 강물을 모두 태워버릴 것처럼 번쩍였다. 샘은 바위와 나무 아래 바짝 몸을 당겨 자리 잡고 배 안에 웅크리고 잠이 들기까지 흔들리는 파도를 느끼며 누워 있었다.

그가 잠에서 깨어났을 때에는 모든 것이 조용해진 후였다. 동쪽 하늘 멀리에서 희미하게 남아 있는 번개 전광만이 조금 전의 폭풍이 사라져간 방향을 알려주고 있었다. 달빛도 찾아볼 수 없는 어두운 밤이었다. 샘은 파도의 상태로 보아 자정에 가까운 시간이라 짐작했다.

그가 막 집으로 돌아가기 위해 묶인 배를 풀고 있던 때였다. 멀리서 불빛이 반짝이는 게 보였다. 불빛은 멀리서부터 물길을 따라 그가 서 있는 쪽으로 빠른 속력으로 다가오고 있었다. 거리가 좁아지자 그는 그 불빛이 산그늘 아래서 조용히 움직이는 작은 보트에서 나오는 랜턴 불빛이라는 걸 알게 되었다.

그 배는 샘이 있던 곳으로부터 멀지 않은 곳에 있는 작은 동굴에서 멈췄다. 배에서 뭍으로 남자 한 명이 뛰어내리는 것이 보였다. 그는 랜턴 빛을 이용해 주위를 둘러보더니 소리쳤다.

"여기 쇠고리가 있는 걸 보니 이곳이 확실해!"

이렇게 말하며 남자는 속력을 내 다가오는 보트 쪽으로 다시 돌아갔다. 그의 동료들이 무엇인가 무거워 보이는 물건을 뭍으로 옮기는 걸 도와주려는 것이었다. 달빛이 그들을 비추었다. 지친 기색이 역력한 다섯 명의 건장한 사내들이 보였다. 빨간색 모자를 쓴 그들 사이로 우두머리로 보이는 남자가 모습을 드러냈다. 그는 끝이 뾰족한 삼각모자를 쓰고 있었다. 그 중 몇몇은 단검, 장검, 권총 따위를 지니고 있었다. 사내들은 서로에게 속삭이듯 말을 주고받았고 가끔씩 그가 알아들을 수 없는 낯선 언어로 대화가 오가기도 했다.

배에서 내리자 그들은 수풀 속으로 들어갔다. 무거워 보이는 짐을 번갈아가며 들며 돌로 쌓아올린 둑을 향해 나아갔다. 샘은 그들이 도대체 뭘 하려는 것인지 궁금해서 견딜 수 없었다. 그래서 그는 타고 온 배를 남겨두고 사내들을 내려다볼 수 있는 산등성이로 조용히 기어오르기 시작했다. 그들은 잠시 휴식을 취하기 위해 멈춰섰다. 우두머리가 랜턴으로 수풀 사이 여기저기를 둘러보았다.

"삽은 들고 왔겠지?"

누군가가 동료들에게 물었다.

"여기 있어."

어깨에 삽을 메고 있던 다른 누군가의 대답 소리가 들렸다.

"가능한 한 깊게 파야 해. 그래야 다른 사람들에게 들킬 염려가 없지."

샘은 등골이 오싹해졌다. 그는 눈앞에서 살인자 한 무리가 그들이 죽인 누군가를 묻으려 한다고 생각했다. 다리가 덜덜 떨려왔다. 절벽 끝에서 나무에 의지해 그 광경을 지켜보던 샘은 그만 자기도 모르게 나뭇가지를 흔들고 말았다.

"무슨 소리야?"

패거리 중 한 명이 소리쳤다.

"수풀에서 뭔가 움직이는 소리가 난 것 같은데!"

랜턴의 불빛이 소리가 난 곳으로 향했다. 빨간 모자들 중 한 명이 권총의 격철을 잡아당겨 수풀 속 샘이 서 있는 곳에 정확히 총을 겨누었다. 샘은 이제 곧 죽는구나 싶어 숨도 쉬지 않고 꼼짝없이 서 있었다. 다행히 그의 검은색 피부가 목숨을 살렸다. 어두운 밤 나뭇잎들 사이에서 그의 형체는 전혀 눈에 띄지 않았다.

"아무것도 아니야!"

불빛을 비추던 사내가 말했다.

"이봐, 제기랄! 방아쇠를 당겨서 우리가 여기 있다는 걸 온 천하에 알릴 셈이야?"

총을 겨누던 사내는 격철을 제자리로 돌려놓았다. 사내들은 다시 짐을 들쳐매고 둑을 따라 천천히 나아갔다. 샘은 그들이 멀어지는 것을 바라보고 있었다. 물기를 머금은 풀잎 사이로 랜턴 불빛이 이리저리 흔들리는 모습이 보였다. 그들이 충분히 멀어졌다고 판단되자 샘은 그제야 멈췄던 숨을 내쉴 수 있었다. 그는 보트로 돌아가 이 무시무시한 사람들의 손이 닿지 않는 곳으로 도망쳐야겠다고 생각했다. 하지만 동시에 그의 호기심은 이미 극에 달해 있었다. 그는 어떻게 해야 할까 망설였다. 오도 가도 못하고 꾸물거리며 무슨 소리라도 들리지 않을까 싶어 귀를 기울이고 있었다. 이윽고 삽질하는 소리가 들려왔다.

"녀석들이 무덤을 파고 있어!"

그가 혼잣말을 중얼거렸다. 그의 이마 위로 식은땀이 흘러내렸다. 고요한 숲에 울려 퍼지는 삽질소리가 그의 심장에 그대로 전달되는 것 같았다. 주위는 거의 아무 소리도 들리지 않을 만큼 조용했다. 은밀하고 알 수 없는 두려운 기운이 서려 있었다. 샘은 스릴을 즐기는 사람이었다. 살인사건과 관련된 이야기라면 사족을 못 썼다. 사형집행도 꼬박꼬박 챙겨서 볼 정도였다. 한밤의 모사꾼들이 뭘 하는지 가까이서 엿보고 싶은 충동에서 빠져나올 수 없었다. 그는 위험을 무릅쓰고 서서히 앞으로 나아갔다. 마른 나뭇가지를 건드려 소리를 내지 않기 위해 천천히 한 발자국씩 발을 뗐다. 그는 어느 경사진 바위에 다다랐다. 샘과 살인자들 사이에는 달랑 그 바위가 전부였다. 반대편 나뭇가지에 랜턴 불빛이 어른거리는 것으로 보아 그들이 바로 앞에 있는 게 틀림없어 보였다.

　샘은 천천히 그리고 조용히 바위 위를 기어 올라갔다. 훤히 노출된 바위의 가장자리 위로 고개를 들었다. 그의 바로 아래에 악당들의 모습이 보였다. 그들이 생각보다 너무 가까이 있었지만 조금이라도 움직이는 소리를 냈다가는 발각될까 겁이 나 손가락 하나 까딱할 수 없었다. 그 모양새는 마치 막 지평선 위로 솟은 태양처럼, 혹은 시계 문자반에 새겨진 둥근 달 문양처럼 바위의 가장자리 위로 까만 얼굴이 보일 듯 말 듯 삐죽 나와 있는 것이었다.

빨간 모자들은 일을 거의 마쳐가고 있었다. 무덤에 흙을 다시 채워 넣은 뒤 그 위로 조심스럽게 원래 있던 잔디를 다져 놓았다. 마지막으로 마른 나뭇잎을 그 위에 흩뿌려 땅을 자연스럽게 보이도록 했다.

"됐어, 악마라 해도 이곳을 찾진 못할 거야."

"살인자들!"

자신도 모르게 샘의 입에서 소리가 튀어나왔다.

그 소리에 깜짝 놀란 무리는 소리가 난 쪽을 올려다보았다. 까맣고 둥그런 샘의 얼굴이 그들 바로 위에 보였다. 아차 싶었던 샘도 눈이 휘둥그레져 이가 탁탁 소리를 내며 부딪칠 정도로 겁을 먹고 있었다. 식은땀이 흘러 번지르르한 그의 얼굴이 빛에 반사되어 보였다.

"누가 우릴 보고 있었어!"

누군가 소리쳤다.

"저놈 잡아!"

다른 누군가가 소리쳤다.

권총의 격철을 뒤로 젖히는 소리가 들렸지만 샘은 뒤도 돌아보지 않고 냅다 달리기만 했다. 바위와 돌 위를 기어올라 잣나무 숲과 찔레 덤불을 지나 고슴도치처럼 비탈 아래로 굴렀다가 고양이처럼 경사면을 기어오르기도 했다. 그의 뒤를 쫓는 자들은 조끔씩 거리를 좁혀오고 있었다. 결국 그는 강에 접해 있는 어느 산등성이에 다다랐다. 빨간 모자들 중 한 명이 매우 가까이에 있었다. 가파르게 솟은 바위가 벽처럼 그의 앞길을 막고 서 있었지만 그렇다고 되돌아갈 수도 없는 노릇이었다. 꼼짝없이 잡혀 죽게 생겼구나 하고 생각하고 있던 찰나 그의 눈에 튼튼해 보이는 줄기가 바위의 중간 즈음까지 내려와 있는 게 보였다. 샘은 죽을힘을 다해 뛰어올라 두 손으로 덩굴을 움켜쥐고는 민첩한 동작으로 절벽 정상으로 올라가는 데 성공했다. 이제는 살았구나 싶어 하늘을 향해 안도의 한숨을 쉬는 찰나 빨간 모자 한 녀석이 총을 발사했다. 총알은 샘의 머리 옆을 스치듯 지나갔다. 샘은 순간적으로 기지를 발휘했다. 크게 비명을 지르며 바닥에 쓰러져서는 적당한 크기의 바위를 아래로 던졌다. 바윗덩이는 첨벙 소리를 내며 강물로 떨어졌다.

"내가 해치웠어."

빨간 모자가 숨을 헐떡이며 뒤따라온 동료들에게 말했다.

"이제 아무에게도 발설하지 못할 거야. 강에 사는 물고기들에게라면 모를까."

추격자들은 이제 동료들이 있는 곳으로 돌아갔다. 샘은 조용히 바위 위를 기어 내려왔다. 자신이 매놓은 배를 찾아 밧줄을 풀었다. 방앗간의 물줄기 같은 급류에 몸을 맡긴 채 곧 그곳에서 벗어날 수 있었다. 충분히 멀어졌다고 생각이 들자 샘은 그제야 미친 듯이 노를 저어 헬게이트 해협을 화살처럼 가로질러 나아갔다. '항아리'니 '프라이팬'이니 '돼지 등'에 신경 쓸 겨를도 없었다. 슈담스의 오래된 농가에 있는 작은 다락방 안 자신의 침대 속에 몸을 뉘어서야 간신히 뛰는 심장을 진정시킬 수 있었다.

피치 프라우는 여기서 이야기를 멈추더니 옆에 놓아둔 잔을 들어 입에 가져갔다. 이야기에 심취해 있던 사람들은 제비 새끼가 먹이를 바랄 때의 모습처럼 입을 벌리고 고개를 내민 모습으로 굳어 있었다.

"그다음은 어떻게 됐소?"

퇴역장교가 흥분해서 물었다.

"이게 이 이야기의 전부요."

피치 프라우가 말했다.

"그래서 샘은 그 빨간 모자들이 묻어놓은 게 뭔지 알아냈소?"

머릿속에 온통 주괴와 금화 생각뿐인 울버트가 간절한 눈빛
으로 물었다.

"내가 알고 있는 한은 아니오."

피치가 말했다.

"일이 무척 바빴던 모양이야. 그리고 사실대로 말하자면,
더 이상 바위틈을 헤집고 다닐 위험을 감수하기 싫었던 거지.
게다가 정확한 무덤의 위치를 기억해낼 리 만무하기도 하고.
날이 밝을 때 보는 모습은 다르니까. 살인마들을 잡아다 교수
대에 목을 걸 게 아니라면 죽은 사람의 시체를 찾아서 또 뭘
어쩌겠소?"

"그건 그렇지만 그들이 땅속에 묻은 게 사람의 시체가 맞긴
맞는 거요?"

울버트가 물었다.

"당연하지!"

피치가 확신에 찬 목소리로 말했다.

"최근까지도 그 유령이 출몰하고 있잖아?"

"유령이라고?"

사람들이 놀라서 소리쳤다. 눈을 크게 뜨고 의자를 더욱 앞

으로 당겨 앉았다.

"그럼, 유령 말이야."

피치가 말을 이었다.

"헬게이트 근처 해협에 나타난다는 유령을 몰라? 숲 속의 불에 탄 농가에 자주 출몰한다는 빨간 모자에 대해 들어본 사람이 없다는 거야?"

"아, 들어봤지. 분명히 그런 비슷한 이야기였소. 하지만 사람들 얘기로는 어느 여편네가 지어낸 이야기에 불과하다고 하던데."

"그게 지어낸 얘기든 아니든."

피치 프라우가 말했다.

"그 농가가 바로 그 근처에 있어. 그곳에 아무도 살지 않게 된 건 아주 오래전부터야. 해안가에 홀로 덩그러니 남은 채로 말이야. 하지만 이 근방 어부들의 증언에 따르면 그곳에서 이상한 소리가 들려온다지. 밤에는 숲 근처에서 불빛도 보이고 빨간 모자를 쓴 늙은 남자를 봤다는 사람도 한두 명이 아니야. 아마 거기에 묻힌 사람이 유령이 되어 나타나는 거겠지. 언젠가 세 명의 군인들이 그 집에 묵어가게 된 적이 있어. 먼저 집 안 곳곳을 샅샅이 살펴보고 있었지. 마지막으로 지하실로 내려갔는데 거기서 사과주를 담은 술통 위에 걸터앉아 있는 빨간 모자의 남자를 본 거야. 한 손에는 술을 담은 병을 들고 다른 한 손엔 잔을 들고 말이야. 그가 술잔을 들어 그들에게 술을 권했고 그중 한 명이 잔을 받아 입에 가져갔지. 그 순간, 휴, 지하실 전체에 화염이 일더니 그 사내들은 불빛 때문에 순간적으로 아무것도 볼 수 없게 되었어. 잠시 후 그들의 시력이 돌아왔을 때엔 술병이며 잔, 빨간 모자의 남자 모두 사라진 후였지. 지하실엔 빈 술통 이외엔 아무것도 남아 있지 않았어."

술에 취해 반쯤 감긴 눈으로 꾸벅거리며 졸던 퇴역장교가 꺼져가는 양초가 마지막으로 격렬히 타오르듯 버럭 소리를 질렀다.

"다 허튼 소리야!"

"뭐, 나라고 그 이야기가 실제 있었던 거라 단언하지는 못해."

피치 프라우가 말했다.

"그래도 그 집과 집 주변에서 이상한 일들이 일어난다는 건 온 세상이 다 알고 있는 사실이잖아. 여하튼 '더러운 샘' 이야기에 관해서라면 나는 그의 경험이 분명한 사실이라 믿고 있어. 마치 내가 직접 겪은 일처럼 생생한 이야기니까 말이야."

그때 갑자기 어디선가 커다란 굉음이 들려왔다. 멀리서부터 폭풍우가 몰려온다는 사실도 눈치채지 못할 정도로 이야기의 재미에 푹 빠져 있던 그들이었다. 곧바로 건물 전체를 흔들어 놓을 만큼 육중한 충돌음이 들려왔다. 자리에 앉아 있던 사람들은 갑작스러운 소리에 화들짝 놀라지 않을 수 없었다. 흡사 지진이라도 일어난 것 같았는데, 피치 프라우의 이야기를 열심히 듣던 그들에겐 마치 빨간 모자의 사내가 그들을 향해 무섭게 달려드는 소리로 들렸다.

그들은 잠시 귀를 기울여보았다. 하지만 창문을 때리는 빗소리와 나무들 사이로 바람이 지나는 소리 외엔 들리는 게 없었다. 폭발음의 정체는 머리가 벗겨진 늙은 흑인이 나타나 자초지종을 설명해줌으로써 밝혀졌다. 비에 젖어 술병처럼 빛나는 늙은이의 검은 얼굴은 부릅뜬 두 눈알을 더욱 하얗게 보이게 했다. 뭐라고 말하는지 거의 알아듣기 힘든 말투로, 그는 부엌에 나 있는 굴뚝이 번개에 맞았다고 했다.

폭풍은 잦아들어 바람이 거세게 부는 정도가 되자 잠시나마 정적이 흘렀다. 이때 어디선가 총소리가 들려왔다. 공포에 질린 비명소리 같은 고함소리가 해변에서부터 뒤따라 들려왔다. 그 소리를 들은 사람들이 창문가로 우르르 몰려갔다. 또

한 번의 총소리와 비명소리가 거친 바람을 타고 들려왔다. 그 끔찍한 소리는 바다 한가운데서 들려오는 것 같았다. 하지만 내리치는 번개 빛에 밝아진 해변에서는 사람의 모습을 찾아볼 수 없었다.

갑자기 위층 객실의 창문이 열렸다. "이봐." 하고 그 수상한 낯선 사내의 커다란 목소리가 들려왔다. 뭐라고 소리치는 듯한 대화가 오고갔다. 바에 앉아 있던 사람들이 알아들을 수 없는 말이었다. 창문이 닫히더니 방 안에서 가구를 옮기는지 육중한 물건을 바닥에 끄는 소리가 들려왔다. 흑인 하인 한 명이 불려가더니 잠시 후 그 뱃사람을 도와 커다란 궤짝을 아래층으로 옮기는 걸 도와주는 모습이 보였다. 여관 주인이 깜짝 놀라 물었다.

"설마 지금 이런 폭풍우에 그걸 끌고 바다로 나가겠다는 건 아니죠?"

"폭풍우라고?"

상대방이 깔보듯 말했다.

"고작 물 몇 방울 튀는 이런 날씨를 두고 폭풍우라고?"

"홀딱 비에 젖어서 심한 독감에 걸릴 게 뻔해요."

피치 프라우가 걱정스러운 목소리로 말했다.

"천둥과 번개!"

뱃사람이 소리쳤다.

"토네이도와 회오리바람에도 항해를 멈추지 않았던 나에게 지금 그걸 설교라고 하는 거야?"

아첨하려던 피치가 보기 좋게 한 대 얻어맞은 꼴이 됐다. 바다에서 들려오는 성마른 목소리가 다시 한 번 들려왔다. 어느 날 갑자기 바다 깊숙한 곳에서부터 나타나 이제 다시 그곳으로 돌아가려는 이 폭풍우의 사내를 사람들은 경이로운 눈으로 바라보았다. 흑인의 도움을 받아 그는 천천히 궤짝을 해변으로 밀고 나갔다. 사람들은 그 광경을 홀린 듯 바라보고 있었다. 낯선 사내가 정말로 궤짝을 가지고 저 거친 파도 위에 뛰어들지에 대해 반신반의하며 멀리 떨어져 랜턴을 비춰가며 따라가고 있었다.

"불을 꺼!"

걸걸한 목소리가 으르렁대듯 바다에서부터 들려왔다.

"여기선 불빛 따위 필요 없어! 천둥과 번개만 있으면 돼!"

뱃사람이 뒤를 힐끗 돌아보며 소리쳤다.

"다른 게 필요하다면 그냥 여관으로 돌아가는 게 좋을 거야."

울버트와 함께 있던 사람들은 겁에 질려 움츠러들었다. 하지만 일이 어떻게 될지 궁금해 이렇게 물러설 수는 없었다. 번갯불이 파도를 가로질러 번쩍이자 바다 한가운데 떠 있는 보트가 눈에 들어왔다. 남자들로 가득 찬 그 배는 암벽 아래 성난 파도 위에서 물결에 부딪치며 오르락내리락하고 있었다. 거친 파도 속에서 바위에 고정시킨 갈고리에 몸을 맡긴 채 흔들거리는 배가 아슬아슬하게 보였다.

뱃사람은 궤짝의 육중한 몸체의 한쪽 끝을 보트의 뱃머리 위에 걸쳐 올렸다. 그리고 다른 한쪽 끝을 잡고 궤짝 전체를 배 안으로 밀어넣으려 하고 있었다. 그때 궤짝이 뱃머리에서 미끄러지며 보트가 물 위에서 바다 쪽으로 밀려났다. 그 바람에 커다란 궤짝 전체가 풍덩 소리를 내며 수면 위로 떨어졌고 궤짝을 잡고 있던 남자를 거꾸로 매단 채 바닷물 속으로 사라져버렸다. 해안가에서 그 광경을 지켜보던 사람들은 비명을 질렀다. 보트 위에 있던 사내들 입에서는 상욕이 튀어나왔다. 남은 사람들을 태운 배는 거친 파도에 휩쓸려 곧바로 시야에서 사라져버렸다. 결국 칠흑 같은 어둠만 남았다. 그 와중에 울버트 웨버는 분명히 무슨 소리를 들었다고 생각했다. 바다에서 들려오는 도움을 요청하는 고함소리가 바다에서 들려왔다. 또한 물에 빠져 허우적거리며 도움의 손짓을 보내는 뱃사람의 모습도 언뜻 본 것 같았다. 하지만 또 다른 번갯불이 바다 위를 밝혔을 땐 남자도, 사람들을 태운 보트도 모두 어디론가 사라지고 없었다. 오직 거세게 몰아치는 파도만이 남아 있었다.

사람들은 술집으로 돌아와 폭풍이 지나가기를 기다리고 있었다. 말을 꺼낼 엄두도 못 내고 음울한 표정으로 서로를 멀뚱히 쳐다보며 자리에 앉아 있었다. 단 5분 사이에 이 모든 일이 일어났다. 아무 말도 오가지 않았다. 참나무의자가 보였다. 방금까지만 해도 두 눈 멀쩡히 뜨고 헤라클레스 같은 정력을 뽐내던 그 낯선 사내가 지금쯤이면 벌써 고기밥이 되었을 거라 생각하니 섬뜩한 생각이 들었다. 사내가 마시다 남겨둔 술잔이며 그의 담배 파이프에서 떨어진 재가 그대로 남아 있었다. 말하자면 그의 마지막 숨결이 그렇게 남겨진 것이다. 마을 사람들은 깊은 생각에 잠겼다. 인간이 얼마나 나약한 존재인지 새삼 깨닫고는 두려움에 몸을 떨었다. 각자가 발 디디고 서 있는 이곳도 결코 안전한 곳이 아니라는 생각이 들었다. 그 무시무시한 뱃사람도 저리 허망하게 가버렸으니 말이다.

하지만 그곳에 모인 대부분의 사람들은 주위의 불행한 일에 대해서 꿋꿋하고 침착하게 대처할 수 있는 달관한 태도를 지니고 있었기 때문에 뱃사람의 비극적인 삶의 종말과 그 침울한 분위기에서 곧 벗어날 수 있었다. 여관 주인은 특히 죽은 남자가 이미 방세를 치르고 갔다는 사실에 기뻐하며 그의 마지막 가는 길에 송사를 올렸다.

"그는 폭풍우로부터 나타나 폭풍우 속으로 사라졌습니다. 그는 밤의 어둠으로부터 나타나 밤의 어둠으로 사라졌습니다. 그는 그 누구도 알 수 없는 곳에서 이곳으로 와 다시 그곳으로 떠났습니다. 아마도 그는 그의 궤짝을 타고 다시 한 번 바다로 나가 이번에는 저기 바다 건너편의 어느 곳으로 향했겠지요. 그곳에서 또 다른 사람들 사이에서 자신의 존재감을 키워나가겠지요. 물론 이는 매우 안타까운 일입니다만. 하지만, 만약 그가 데이비 존스의 함*으로 간 거라면 자신의 함도 꼭 가져갔을 겁니다. 그러니 우리 너무 침통해하지 맙시다."

"그가 가지고 있던 궤짝! 성 니콜라스여, 저희를 지켜주소서!"

피치 프라우가 소리쳤다.

---

* 데이비 존스의 함 - Davy Jones' Locker는 바다 깊은 곳을 말한다. 그곳으로 간다는 말은, 즉 바다에 빠져 죽었다는 뜻으로 해석할 수 있다.

"나라면 억만금을 준대도 그 상자를 내 집 안에 두지 않을 거야. 장담컨대 그는 밤마다 그 물건을 찾으러 이곳에 쳐들어와 여관을 쑥대밭으로 만들어버릴걸. 그가 아까 궤짝을 타고 바다로 나가는 모습을 보고 있자니 스키퍼 온더돈크호에서 일어난 일이 생각나더구먼. 그 배는 암스테르담에서 항해를 시작했지. 갑판장이 폭풍우에 목숨을 잃었지. 선원들은 시체를 천에다 둘둘 말아서 그가 생전에 쓰던 사물함에 넣어 바다로 던졌어. 그런데 바쁘게 서두르다 보니 빼먹은 게 한 가지 있었는데, 가는 길에 안전을 비는 기도를 올리지 않았던 거야. 폭풍우는 더욱 거세졌지. 그 어느 때보다도 비바람이 세차게 불어 닥치는데 저 멀리서 그 죽은 갑판장이 자신의 수의를 돛삼아 사물함을 타고 끈질기게 배를 뒤쫓아 오는 게 보이는 거야. 그의 면전에는 바닷물이 폭풍우 때문에 마치 불길처럼 흩날렸어. 배는 밤낮을 가리지 않고 전속력으로 달렸어. 선원들은 죽은 자가 타고 있는 사물함이 난파되기를 간절히 바랐지. 하지만 죽은 갑판장은 매일 밤 나타나 그들의 뒤를 맹렬히 뒤쫓아 왔어. 그는 휘파람까지 불어가며 죽자고 따라붙는 거야. 그 소리가 바람에 섞여 소름끼치게 들려왔지. 마치 온 바다를 뒤엎어 산처럼 커다란 파도를 만들어내는 주문 같이 들리기도 했다는군. 채광창을 닫지 않았더라면 그 배는 바닷속으로 가라앉고 말았을 거야. 이런 상태가 지속되다가 배가 뉴펀들랜드에 다다랐을 때 죽은 갑판장은 안개 속으로 홀연히 모습을 감추었어. 배를 뒤쫓는 걸 그만두고 '망자의 섬'으로 진로를 바꾸지 않았을까 추측하고들 했지. 깜빡 잊고 죽은 자의 명복을 빌지 않은 대가치고는 어마어마한 고생을 한 거였어."

사람들의 발을 묶고 있던 폭풍우가 잦아들었다. 홀의 벽에 걸려 있던 뻐꾸기시계가 자정을 알려왔다. 바른 생활에 익숙해져 있던 그들은 모두 서둘러 집으로 향했다. 가벼운 발걸음으로 귀가하는 그들 위엔 맑게 갠 하늘이 펼쳐져 있었다. 방금 전까지만 해도 무섭게 몰아치던 폭풍우는 어디론가 사라져버리고 멀리 수평선 위에는 뭉게구름이 켜켜이 쌓여 있었다. 밝게 빛나는 초승달이 구름궁전에 걸린 작은 램프처럼 길을 밝혀주고 있었다.

오밤중에 갑자기 발생한 무시무시한 사건과 그들이 나눴던 대화 탓에 사람들 마음속에는 여전히 공포감이 감돌고 있었다. 그들은 겁에 질린 눈빛으로 뱃사람이 사라진 지점을 바라보았다. 청량한 달빛 아래 궤짝을 타고 바다로 나아가는 그의 모습을 마음속으로 그려보고 있었다. 물결 위로 달빛이 반사되어 하늘거렸다. 주위는 평온을 되찾은 뒤였다. 뱃사람이 빠진 지점에는 잔물결만 일었다. 그들은 삼삼오오 짝을 지어 집으로 향했다. 특히 어둑어둑한 들판을 지날 때는 서로 간격을 더욱 좁혀 걸었다. 언젠가 한 남자가 살해 당한 채 발견된 곳이었다. 같은 방향으로 가는 사람이 없어 혼자 길을 가야 하는 교회지기는 교회에 딸린 묘지를 가로지르는 지름길을 놔두고 먼 길을 둘러 갔다. 이런 밤에는 유령이나 도깨비에 익숙하다는 것도 소용없는 것이었다.

울버트 웨버는 새로이 알게 된 사실과 생각거리를 한가득 안고 집으로 돌아왔다. 해안가의 커다란 바위틈이며 바다에 둘러싸인 땅 여기저기에 돈이 든 항아리와 스페인의 보물들이 천지에 널려 있다고 생각하니 어지럼증이 느껴질 정도였다.

"성 니콜라스여, 부디 저에게 은혜를 베푸소서."

그가 탄식하듯 내뱉었다.

"땅에 묻힌 황금을 발견할 행운이 정녕 저에게는 오지 않는 겁니까? 그 돈으로 제가 부자가 될 방도가 전혀 없다는 말씀인가요? 그깟 빵 쪼가리 하나 얻으려고 얼마나 더 고생을 해서 밭을 갈아야 한답니까? 운 좋게 보물이 묻힌 곳에 삽을 꽂아 넣을 수만 있다면 남은 인생은 활짝 핀 거나 마찬가진데 말입니다!"

울버트는 흑인 어부가 겪었다는 기묘한 경험담에 대해 곰곰이 생각해보기 시작했고 그의 상상력은 전혀 다른 방향으로 이야기의 결론을 이끌어냈다. 울버트의 마음속에선 이미 빨간 모자를 쓴 무리는 약탈품을 땅에 묻고 있던 해적의 부하들이었고, 그렇다면 땅 속에 숨겨진 보물도 못 찾아낼 건 없다는 생각에 가슴속 깊은 곳에서 탐욕이 다시 고개를 들고 있었다. 제멋대로인 그의 상상은 이제 모든 것을 황금과 결부시키고 있었다. 옛이야기에 등장하는 탐욕스러운 바그다드가 된 느낌이었다. 이슬람 수도승으로부터 마법의 연고를 얻어 그것을 눈에 바른 후엔 땅속에 숨겨진 보물을 훤히 꿰뚫어볼 수 있었다던 바로 그 바그다드 말이다. 금은보화로 가득한 상자와 금괴니 외국의 동전이니 하는 것들이 든 항아리가 보이지 않는 저 땅속 어디선가 그에게 손짓하고 있는 것 같았다. 아직 마음 껏 세상을 돌아다녀야 할 자신들이 공교롭게도 이 어두운 땅속 무덤에 갇혀 있으니 어서 빨리 이곳에서 꺼내달라고 그에게 간곡히 부탁하고 있는 것만 같았다.

빨간 모자의 유령들이 출몰한다는 지역에 대해 수소문을 하고 다니며 울버트는 자신의 생각에 더욱 확신을 가지게 되었다. 흑인 어부의 이야기를 듣고 보물을 찾으려는 사람들이 여럿 그 장소에 다녀갔지만 모두들 허탕만 치고 돌아왔다는 사실도 알게 되었다. 하지만 울버트는 여전히 미련을 버리지 못하고 자기 합리화를 하기 시작했다. 적절한 시간에 맞춰 그곳을 찾아 필요한 의식을 행해야 하는데 실패한 사람들은 그 사실을 몰랐다는 것이다. 그렇기 때문에 그들에겐 땅속 보물을 찾을 수 있는 행운이 따르지 않았다고 결론 내렸다. 가장 최근에 그곳을 찾은 사람은 코버스 퀘이큰보스라는 사람이었다. 그는 밤새도록 삽으로 땅을 파내려갔는데, 그가 흙을 한 삽 퍼내면 보이지 않는 손이 그 배가 되는 양의 흙을 도로 구덩이 안으로 집어넣는 바람에 여간 고생을 한 게 아니라 했다. 결국 그는 땅속에 묻혀 있는 철제상자를 발견해 구덩이 밖으로 꺼내는 데 성공했지만 곧 구덩이 주위에서 이상한 형체들이 나타나 괴성을 지르며 그의 주위로 날뛰더니 나중엔 눈에 보이지도 않는 몽둥이로 그를 실컷 두들겨 패기까지 했다. 결국 그는 그 금단의 땅에서 도망쳐 나올 수밖에 없었다. 이는 코버스 퀘이큰보스가 임종 직전에 직접 말한 내용으로 의심할 구석이 없는 이야기다. 보물을 찾는 데 평생을 바친 인물이었으니 말년에 양로원에서 뇌막염으로 삶을 마감하지 않았더라면 모르긴 몰라도 결국엔 크게 한 건 할 수 있지 않았을까?

울버트 웨버는 이제 새로운 걱정이 생겼다. 경쟁자들이 자신보다 먼저 그곳의 보물을 찾으면 어떡하나 싶었던 것이다. 이런 생각에 그는 불안에 휩싸이게 되었다. 몸에 열이 나는 것도 같고 종일 아무것도 못하고 부들부들 떨기만 했다. 결국 울버트는 아무도 몰래 흑인 어부 샘을 찾아가보기로 마음먹었다. 그를 앞장세워 모든 것이 의문투성이인 그 매장 현장을 직접 확인해볼 생각이었다. 샘을 찾는 건 어려운 일이 아니었다. 그는 나서 자란 곳에서 평생을 사는 그런 구습적인 사람이었다. 게다가 마을 꼬마들이라면 모두들 샘을 알고 있었다. 녀석들은 그 나이든 흑인을 골탕 먹이는 걸 당연하게 생각하는 듯했다. 샘은 반세기가 넘는 시간 동안 육지와 바다를 오가며 생활했다. 자신이 무슨 양서류라도 되는 것처럼 해안 근처의 기슭에서부터 얕은 바다까지, 물 밖이든 물 안이든 가리지 않고 고기잡이를 하며 인생의 대부분을 보냈다. 그는 특히 '헬 게이트' 부근으로 자주 나갔는데, 날씨가 좋지 않아 모든 게 희뿌옇게 보이는 날에 누군가가 본다면 해협 근처에 자주 출몰하곤 했다는 도깨비로 여기더라도 이상하지 않을 정도였다.

바다에서 샘을 볼 수 없는 날이 드물 정도였다. 어떤 때는 작은 배를 타고 소용돌이에 꼼짝 못하고 갇혀 있는가 하면 또 어떤 날은 자리가 좋기로 소문난 난파선 주변을 상어처럼 배회하기도 했다. 그러다가도 가끔씩 바위 위에 걸터앉아 먹잇감을 노리는 한 마리의 왜가리처럼 짙은 안개와 부슬비 속에서 하염없이 물속을 바라보고 있기도 했다. '워러바웃'에서 '헬게이트'까지 그리고 다시 '헬 게이트'에서 '악마의 디딤돌'까지 바닷길이라면 모르는 게 없는 그였다. 그 속에 사는 물고기들의 세례명까지 모두 다 알고 있을 정도였다고 하니 그가 바다에 대해서 얼마나 많은 지식을 가지고 있는지는 굳이 설명할 필요가 없을 것 같다.

흑인 어부는 마침 그의 오두막에 있었다. 적당히 봐줄 만한 개집보다 조금 더 큰 정도의 그런 집이었다. 난파된 배에서 떼어내거나 바다에서 육지로 떠밀려 온 나뭇조각들로 대충 지어 올린 집이었다. 현재는 배터리 공원이 조성되어 있지만 예전에는 요새가 있던 곳 아래 바위투성이인 땅에 자리 잡은 집이었다. 집 안은 온통 심한 비린내에 절어 있었다. 여러 크기와 모양의 노가 옛 요새 벽에 기대여 있었고 젖은 그물은 물기를 말리기 위해 모래밭에 펼쳐져 있었다. 그의 자그마한 고깃배는 해변 위까지 올라와 있었고 오두막의 문 앞에서는 '더러운 샘'이 햇살 아래 팔자 좋은 낮잠을 즐기고 있었다.

세월이 많이 흐른 탓인지 지금 울버트 앞에 드러누운 샘은 더 이상 어젯밤 들은 이야기 속의 그 혈기왕성한 청년이 아니었다. 그의 곱슬머리는 허옇게 센 지 오래된 것 같았다. 하지만 여기저기로 불려 다니며 그날 자신이 겪었던 일을 기억해내고 얘기해줘야 할 일이 많아서 그런지 당시 상황을 꽤나 선명하게 기억하고 있었다. 그렇긴 해도 그가 들려주는 이야기는 피치 프라우가 들려준 것과는 여러 군데에서 달랐다. 샘은 그 일을 겪었던 날 이후에 대해서는 아는 것도 없을뿐더러 애초에 관심도 없었다. 신중한 울버트도 처음부터 이런 이야기를 꺼내들어 흑인 어부의 머리를 어지럽힐 생각은 없었다. 그의 관심은 오로지 어떻게 하면 이 늙은 어부를 꼬드겨 보물이 묻힌 장소를 알 수 있을까 하는 데 있었다. 일은 의외로 쉽게 진행되었다. 이미 오래전 일이라 그런지 몰라도 흑인 어부 샘에게 있어서 당시의 두려움은 많이 가신 듯했고, 거기다 아쉽지 않게 보상도 해주겠노라고 말하자 그 흑인 어부는 따뜻한 햇살과 달콤한 잠을 떨쳐내고 벌떡 자리에서 일어났다.

하필이면 조류가 역류하는 때라 물길로 탐험을 떠나기가 어렵게 되었다. 일분일초가 아까운 울버트는 어서 빨리 그 약속의 땅에 발을 디디고 싶었고 결국 두 사람은 육로를 이용하기로 하고 길을 떠났다. 그들은 6, 7마일 정도를 걸어 어느 숲으로 접어드는 곳에 다다르게 되었다. 당시 그곳은 맨해튼 섬의 동쪽으로 넓게 펼쳐져 있던 숲으로 경치 좋기로 유명한 블루멘데일 지역 바로 뒤에 위치하고 있었다. 여기서부터 그들은 길게 뻗은 오솔길로 접어들었다. 거의 사람의 발길이 닿지 않은 구불구불한 길옆으로 이름 모를 잡초와 현삼줄기가 무성하게 자라 있었다. 빛도 거의 들지 않아 낮 시간임에도 불구하고 주위는 어둑어둑했다. 나무를 온통 휘감은 야생 덩굴이 얼굴을 스쳤고 가시덤불과 찔레 따위가 옷자락에 거치적거렸다. 두 사람이 내는 인기척에 놀란 얼룩 뱀이 스르륵 소리를 내며 지나가는 게 보였고 점박이 두꺼비도 뒤뚱거리며 풀숲으로 도망쳤다. 그들이 지나는 덤불마다 개똥지빠귀가 고양이 울음소리를 내질렀다. 만약 울버트 웨버가 설화문학에 관심을 가지고 있었다면 자신이 지금 막 금지된 마법의 땅에 접어들고 있다고 생각하거나, 이 깊은 숲 자체가 숨겨진 보물을 지키기 위해 만들어진 파수꾼 같은 것이라 여겼을 터였다. 숲의 적막과 여기서 일어났다고 알려진 괴상한 소문들이 한데 뭉쳐 그의 가슴속을 서늘하게 만들었다.

오솔길 끝에 다다른 그들은 작은 해협 근처까지 오게 되었음을 알 수 있었다. 길을 벗어나자 곧 나무숲으로 둘러싸인 원형경기장 같은 터가 그들을 맞았다. 한때 잔디밭이었을 그곳엔 온갖 잡풀과 찔레가 무성하게 자라 있었다. 바로 옆 강둑 위에는 쓰레기더미나 다름없어 보이는 작은 폐가가 서 있었다. 다 스러져가는 건물 한가운데 홀로 서 있는 굴뚝이 애처로워 보였다. 그 바로 아래에는 해협을 따라 물살이 흘러가고 있었고 물가에는 부서지는 파도 따위는 상관없다는 듯 아무렇게나 뻗어나온 나뭇가지들이 자라 있었다.

울버트는 이 건물이 피치 프라우가 말한 바로 그 건물이라 생각했다. 빨간 모자의 유령들이 출몰한다는 곳이 바로 이 폐가이리라. 마침 저녁때가 다가오고 있었다. 사방이 두꺼운 나무숲으로 둘러싸인 탓인지 어둠이 한층 더 빨리 찾아오는 것 같았다. 경외심과 미신적인 느낌을 주기에 안성맞춤인 분위기가 연출되고 있었다. 쏙독새 한 마리가 기분 나쁜 소리를 내며 어둑어둑한 저녁 하늘을 천천히 맴돌고 있었다. 가끔씩 속이 텅 비어버린 나무둥치를 쪼아대는 딱따구리의 소리가 들려왔고 꾀꼬리 한 마리가 검붉은 색 깃털을 나부끼며 그들 앞으로 지나갔다.

두 사람은 이제 울타리로 둘러싸인 땅으로 들어섰다. 바위 둔덕 바로 아래로 이어져 내려오는 작은 터는 한때 잘 가꾸던 정원이었을 테지만, 지금은 아무렇게나 뒤엉켜 자라고 있는 장미 덤불과 복숭아나무, 자두나무 위에 쌓인 이끼덩이 때문에 그저 버려진 잡초지대와 진배없어 보였다. 정원의 한쪽 끝에는 둑 옆으로 작은 창고 한 동이 강물을 바라보며 서 있었다. 감자나 무 같은 근채류를 저장해두는 곳처럼 보였다. 창고 문은 삭아 있었지만 최근에 누군가가 손을 봤는지 여전히 제 역할을 할 만큼 튼튼했다. 울버트는 문을 밀어보았다. 경첩이 끼익 소리를 내며 문이 열렸다. 커다란 상자 같은 것에 살짝 부딪쳤는지 덜컹거리는 소리가 났다. 어디선가 해골 하나가 울버트의 발치까지 굴러왔다. 깜짝 놀란 울버트는 허겁지겁 뒤로 물러났다. 샘이 안심해도 된다며 설명을 해주었다. 원래 이곳은 네덜란드 이민자 가족의 묘실로 쓰이던 곳이었다. 그 말을 증명하기라도 하는 듯 각기 다른 크기의 관 여러 개가 건물 한쪽에 쌓여 있었다. 흑인 어부는 워낙 어릴 때부터 이런 광경들을 봐왔기 때문에 딱히 놀라는 기색을 보이지 않았다. 그는 그들이 향하고 있는 목적지가 그리 멀지 않은 곳에 있음을 육감적으로 알 수 있었다.

이제 그들은 물가로 향했다. 앞으로 나아가기 위해서는 암벽에 난 선반을 따라 걸어야 했다. 이따금씩 암벽에 부딪치는 파도가 선반 위로 넘쳐 올라왔다. 발밑으로 보이는 깊은 급물살에 빠지지 않기 위해서는 딸기나무니 포도 덩굴 따위를 꽉 붙잡고 있어야 했다. 이윽고 육지 쪽으로 움푹 들어간 만의 끝에 도착했을 때 그들 눈앞에는 날카롭게 깎아지르는 암벽에 둘러싸인 숲이 나타났다. 참나무와 밤나무가 관목림을 이루고 있는 그곳은 짙은 그림자가 드리워 은폐와 엄폐에 용이한 장소였다. 해변은 완만하게 비탈져 있었지만 바다 쪽으로 툭 튀어나온 부분에서는 물살이 꽤 빨랐고 수심도 매우 깊어 보였다. 흑인 어부가 걸음을 멈추었다. 모자의 챙을 뒤집어 올리며 주위를 유심히 둘러보았다. 난관에 부딪힌 듯 희끄무레한 머리를 긁적이더니 이내 기억이 되살아난 듯 혼자서 두 손을 마주치더니 의기양양한 태도로 성큼성큼 앞으로 걸어갔다. 얼마쯤 가더니 어딘가를 손으로 가리키기에 봤더니 거기엔 바위에 꺽쇠로 단단하게 고정시킨 커다란 쇠고리가 있었다. 암벽에서 이어져오던 선반은 그 바위 주위에서 갑자기 폭을 넓혀 배를 대기에 안성맞춤인 장소였다. 이곳이 바로 빨간 모자의 사내들이 배를 대고 뭍으로 내리던 곳이었다. 세월이 흘러 풍경이 바뀐 탓에 자칫 다른 곳이라 생각할 수도 있었지만 바위와 쇠고리는 예전 모습 그대로였다. 가까이 다가가 쇠고리를 자세히 살피던 울버트는 바위 위에 세 개의 십자가가 그려져 있는 것을 발견했다. 그는 이것이 중요한 무언가를 표시하는 게 분명하다고 생각했다. 흑인 어부는 예전 폭풍우가 몰아치던 날 밤 작은 고깃배를 숨겨두었던 바위를 단번에 알아보았다. 그렇다고는 하지만 한밤중에 빨간 모자의 사내들이 줄 지어 가던 그 길을 기억해내기란 쉬운 일이 아니었다. 특히 그들이 저질렀던 끔찍한 사건 자체가 뇌리에 깊숙이 박혀 있었기 때문에, 말하자면 사건의 무대가 되는 주변 경관 같은 것들에는 신경 쓸 겨를이 없었던 것이다. 또한 같은 장소라 하더라도 그곳을 낮에 찾아가는 것과 밤에 찾아가는 것에는 확연한 차이가 있었다. 방향을 잡지 못하고 주변만 맴돌던 그들은 마침내 사방이 숲으로 둘러싸인 공터에 다다랐다. 흑인 어부 샘은 무엇인가 기억이 날 것 같다는 얼굴이었다. 적당한 높이의 커다란 바위가 마치 벽처럼 솟아 있었다. 젊은 날의 그가 누군가의 암매장 현장을 목격했던 바로 그곳인 것 같았다. 울버트는 그곳을 샅샅이 뒤지기 시작했다. 그는 두껍게 낀 이끼에 가려 잘 보이지 않던 또 다른 세 개의 십자가를 발견하는 성과를 올렸다. 모양을 보아하니 아까 봤던 십자가와 꼭 같은 모양을 하고 있었다. 환희와 기대에 찬 그의 가슴이 쿵쾅거리며 뛰고 있었다. 그는 이 표시가 해적들이 새긴 것이라 확신하고 있었다. 그들이 숨겨놓은 보물이 바로 이 근처에 있다는 뜻이었고, 이제 남은 것이라곤 그 보물이 묻힌 정확한 지점을 알아내기만 하면 되는 것이었다. 만약 정확한 지점을 짚어내지 못하면 일이 쓸데없이 귀찮아질 터였다. 십자가 주변의 땅을 모조리 다 파헤쳐야 했는데 그런 식으로 하다간 언제 보물을 찾게 될지 미지수였고 더군다나 문자 그대로 그의 삽질은 여태껏 해온 것만 해도 진절머리가 날 정도였다. 하지만 늙은 흑인 어부는 도무지 감을 잡지 못하는 것처럼 보였다. 정확한 기억을 끄집어내지 못하고 갈팡질팡하는 그는 스스로를 더욱 헷갈리게 하고 있었다. 저기 뽕나무 아래에 보물이 묻혀 있는 게 확실하다고 했다가, 다시 커다란 흰색 바위 옆이라고 말을 바꾸더니 또 바로 암벽 옆에 놓인 자그마한 둔덕 아래라고 했다. 울버트는 도무지 어찌할 바를 모르고 망연자실한 모습으로 서 있었다.

곧 저녁의 어스름이 주위를 둘러쌌다. 숲 속의 바위와 나무는 어둠 속에서 서로 분간이 되지 않을 정도였다. 지금으로서는 더 이상 일을 진행하기 힘든 상황이었다. 게다가 울버트는 보물을 파낼 도구도 가져오지 않은 상태였다. 어쩔 수 없이 보물이 묻혀 있는 장소를 확인한 것만으로 만족해야 했다. 나중에 다시 이곳에 찾아올 수 있도록 여기저기 표식을 남겨두고 일단은 집으로 돌아가기로 했다. 아쉽지만 지금은 한발 물러서고 빠른 시일 내에 황금사업을 재개할 결의를 다지는 것으로 만족해야 했다.

빨간 모자의 유령들이 출몰한다는 이 지역을 돌아나오며 당장 눈앞에 산재한 문제 때문에 잊고 있었던 잡생각들이 떠오르기 시작했다. 온갖 종류와 형태의 괴물들이 눈앞에 선했다. 쇠사슬을 두른 해적들이 갑자기 나무 위에서 뛰어내리더니 주위를 돌며 뛰어다니는 듯했고 한쪽 귀에서 반대쪽까지 목이 그인 스페인 신사의 망령이 땅 어디선가 스르르 솟아오르더니 돈다발을 흔들어보이는 것 같았다.

오래전에는 정원이었던 잡초지대를 지나올 때는 울버트의 신경이 극도로 예민해진 상태였다. 새가 푸드덕거리며 날아오르는 소리나 마른 나뭇잎이 바스락거리거나 작은 열매가 땅에 떨어지며 내는 소리에도 그는 화들짝 놀랄 수밖에 없었다. 정원의 울타리를 막 지나려할 때였다. 저 멀리서 무거운 짐을 둘러매고 천천히 이쪽으로 걸어오는 형체가 보였다. 울버트와 샘은 걸음을 멈추고 형체를 분간하기 위해 유심히 살폈다. 그가 조금 더 가까이 다가오자 양털로 짠 모자를 쓰고 있는 게 보였는데, 놀라운 것은 그가 쓰고 있는 것이 핏빛으로 물든 예의 그 빨간 모자였던 것이다!

형체는 천천히 둑을 올라 걸어가더니 그 무덤 같은 저장실로 들어가는 문에 갑자기 멈춰섰다. 문을 열고 들어가려다 말고 그는 울버트가 있는 쪽을 홱 돌아보는 것이었다. 울버트는 형체의 얼굴을 볼 수 있었는데, 그것은 바로 물에 빠져 죽은 뱃사람의 소름끼치는 얼굴이었던 것이다! 너무나 놀란 나머지 울버트는 비명을 내지를 수밖에 없었다. 뱃사람의 얼굴을 한 그 형체는 커다란 주먹을 흔들어 보이더니 무서운 얼굴로 이쪽을 응시하고 있었다. 더 이상 그 광경을 바라보고 있을 수 없었던 울버트는 냅다 도망치기 시작했다. 흑인 어부도 예전의 공포가 되살아난 듯 울버트를 따라 내달리기 시작했다. 그들은 빼곡히 자란 나무숲을 미친 듯이 내달렸다. 누군가가 뒤에서 자꾸만 옷자락을 잡아당겨 돌아보면 그것은 가시나무였다. 공포의 숲을 겨우 빠져나와 도심으로 향하는 대로에 이르러서야 그들은 달음박질을 멈추고 숨을 고를 수 있었다.

그로부터 며칠이 지나서야 울버트는 마음을 진정시키고 황금사업을 재개할 용기가 났다. 죽은 줄로만 알았지만 사실은 아직 살아 있던 것인지 아니면 유령이 되어 나타난 것인지 모를 일이지만, 그 무시무시한 뱃사람의 출현으로 한동안 얼이 빠져 지냈던 것이다. 그러는 사이에 울버트는 이러지도 저러지도 못하는 상황 속에서 딱 죽을 맛이었다. 다른 일에는 신경도 쓰지 않고 온종일 우울함과 불안에 휩싸여 살았다. 식욕은 말할 것도 없고 넋이 빠진 사람처럼 다니며 실수를 연발하기 일쑤였다. 한시도 가만 있지 못하고 불안에 떨었으며 잠자리에 들어서도 꿈에 커다란 돈다발이 가슴을 짓누르는 악몽을 꾸었다. 어떤 때는 꿈속에서 보물이라도 파내는 건지 엄청난 금액을 입속에서 웅얼거리며 삽질하듯 이불을 좌우로 냅다 내던지기도 했다. 그러다가 침대 밑으로 손을 넣어 있지도 않은 금 항아리를 조심스럽게 꺼내는 시늉을 하기도 했다.

웨버 부인과 그녀의 딸은 울버트가 다시 정신이 나간 것 같은 낌새를 보이자 절망에 빠졌다. 네덜란드 여인들이 커다란 어려움과 직면했을 때 도움을 구할 수 있는 곳은 두 군데 정도였다. 교회 목사와 의사가 바로 그들이다. 이번 경우에 그들은 의사에게 향했다. 까무잡잡하고 작은 키에 몸에서 쉰내가 나는 의사였다. 숙련된 의술뿐만 아니라 온갖 기괴하고 불가사의한 현상에 대한 박식함으로 그는 맨해튼에 사는 나이든 부인들 사이에서 유명 인사였다. 그의 이름은 니퍼아우젠이었는데 실제로는 '하이 저먼 닥터'라는 호칭으로 더 널리 알려진 그였다. 가장의 기행을 멈출 방도를 묻기 위해 가엾은 두 모녀는 그에게 향했던 것이다.

의사는 자그마한 서재에 자리를 잡고 앉아 있었다. 짙은 색의 모직 의사가운에 검은색 벨벳 모자를 쓰고 뵈어하베나 반 헬몬트 같은 유명한 의사들이나 쓸 것 같은 초록색 뿔테 안경을 곤봉 모양의 코 위에 올려놓고, 까무잡잡한 얼굴과는 대조되는 독일어로 적힌 2절판 책을 읽느라 정신을 빼놓고 있는 듯했다. 의사는 두 여인이 말해주는 울버트의 증상을 주의 깊게 듣고 있었다. 그러다 울버트가 정신 나간 사람처럼 숨겨진 보물을 찾으러 다닌다는 대목에서 이 작은 의사는 귀를 쫑긋 세웠다. 아, 불쌍한 여인들! 그들은 이 조력자에 대해서 너무 모르고 있었다.

니퍼하우젠 박사는 노력하지 않고 부자가 될 수 있는 방법을 강구하느라 인생의 반을 허비한 사람이었다. 그는 젊은 시절의 몇 년간을 독일에 있는 하츠 산맥 부근에서 보냈다. 그곳에서 그는 광부들로부터 땅속에 묻혀 있는 보물들을 찾아내는 데 필요한 꽤 쓸모 있는 기법을 전수받았다. 그 와중에 어느 떠돌이 현자로부터 의술과 요술, 속임수 따위를 한데 섞은 기술을 배웠다. 그래서 그의 머리엔 온갖 잡다한 지식이 들어 있었다. 점성술에도 잠시 손을 댔다가 연금술도, 그다음엔 점을 보는 것에도 관심을 가졌다. 훔친 돈이 어디에 숨겨져 있는지, 어디에 수맥이 흐르고 있는지도 알 수 있었다. 한마디로 그가 가진 지식의 어두운 면이 그로 하여금 '고귀한 독일인 주술사'라는 별명을 가지게 한 것이다.

박사는 섬 여기저기에 묻혀 있다는 보물에 대한 소문은 익히 들어 잘 알고 있었던지라 그 보물을 찾아낼 방법을 알아내기 위해 애를 태우고 있던 참이었다. 자나 깨나 기행을 일삼는 울버트의 행동이 숨겨진 보물과 관련이 있다고 생각한 그는 확신을 가지기 위해 밑바닥까지 파고들어보자고 마음먹었다. 숨겨진 보물의 비밀을 혼자서만 간직하고 있던 울버트는 답답해 죽을 맛이었다. 보물이 어딘가 존재한다는 사실을 알고 있으면서도 그 비밀을 혼자서 간직해야만 하는 울버트는 가슴이 답답해 미칠 지경이었던 것이다. 주치의는 고해성사를 집전하는 신부와 같은 존재로 여겨졌기 때문에 마음의 짐을 털어버릴 좋은 기회라고 생각했다. 하지만 의사는 치료는커녕 오히려 환자인 울버트로부터 전염되었다. 울버트로부터 자초지종을 전해들은 의사의 마음에는 탐욕이 샘솟았다. 신비한 십자표식 근처 어딘가에 돈이 묻혀 있을 거라 믿어 의심치 않았다. 그리고 울버트 편에 끼어 함께 보물을 찾아보기로 하고 이런 일에는 철통같은 보안과 각별한 주의가 필요하다고 일러두었다. 이를 위해 보물을 꼭 날이 어두운 밤에 파야 하고 약재를 태우고 주문을 외우며 특정한 형식의 의식도 치러야 한다고 주장했다. 무엇보다 보물을 찾기 위해서는 보물이 묻혀 있는 정확한 위치를 알려주는 점막대기가 필요하다고 했다. 이 계획에 푹 빠져버린 의사는 모든 필요한 준비물을 자신이 마련하기로 하고 상현달이 뜨는 밤이 보물을 파기에 안성맞춤이라며 그때까지 점막대기를 마련해오기로 했다.

박식하고 무엇이든 척척 해낼 것만 같은 조력자를 얻었다는 생각에 울버트의 마음은 설레기 시작했다. 모든 것이 은밀하게, 하지만 일사천리로 진행되었다. 자주 환자를 보러 오는 의사를 보고 웨버 부인과 딸은 그제야 마음을 놓을 수 있었다. 그러는 동안 보물찾기의 핵심열쇠인 점막대기가 때에 맞춰 준비되었다. 의사는 책을 뒤져 필요한 관련 지식을 섭렵했다. 흑인 어부 샘은 자신의 배로 그들을 나르고 삽과 곡괭이로 땅 파는 일을 돕고 발견할 것이 거의 확실시되는 보물을 배에 실어 나르기 위해 그들과 동행하기로 했다.

마침내 이 거국적인 사업을 실행에 옮길 날이 왔다. 울버트는 집을 나서기 전에 부인과 딸에게 일찍 잠자리에 드는 게 좋을 것 같다고 말하며 혹시나 밤늦게까지 자신이 돌아오지 않는다 해도 걱정하지 말라고 당부했다. 현명한 여성들이었던 그들은 울버트의 말을 듣는 순간 곧바로 큰 걱정에 빠져버렸다. 그들은 울버트의 행동을 보고 분명히 무언가 심상치 않은 일이 일어나고 있다는 걸 직감했다. 울버트가 예전의 정신 나간 상태로 다시 돌아왔다는 생각에 그들은 이전보다 곱절이나 더 두려워지기 시작했다. 그들은 이 한밤중에 어디를 나가는 거냐며 매달리고, 제발 나가지 말라고 간청도 해보았지만 소용없는 일이었다. 어디엔가 한번 정신이 팔려버린 그를 다시 제정신으로 되돌리기란 여간 어려운 일이 아니었다. 그가 집을 막 나섰을 때 맑은 하늘엔 별들이 반짝이고 있었다. 그는 한쪽으로 챙이 늘어진 모자를 쓰고 밤이슬을 맞지 말라며 딸이 건넨 손수건으로 턱 아래를 둘러 모자를 고정시켰다. 웨버 부인은 그의 어깨에 기다란 붉은 색 망토를 둘러 그의 목에 매어주었다.

의사는 그의 빈틈없는 가정부인 프라우 일시의 도움을 받아 무장과 의복에 있어 만반의 준비를 마친 뒤였다. 겉옷 삼아 의사가운을 입고 검은색 벨벳 모자 위에 끝이 뾰족한 삼각모를 겹쳐 쓰고 걸쇠가 달린 커다란 책을 겨드랑이에 끼고 한 손에는 약품과 마른 약초를 넣은 바구니를, 다른 손에는 기적의 점 막대기를 들고 의미심장하게 집을 나섰다.

울버트와 의사가 교회마당을 지날 때 커다란 교회탑의 시계가 10시를 알려왔다. 야경꾼이 목쉰 소리로 길고 음울하게 "이상무!" 하고 외쳤다. 한창 발달이 진행되고 있는 이 작은 마을은 이미 깊은 잠에 빠져 있었다. 가끔씩 한밤중의 떠돌이 개가 짖는 소리와 낭만고양이가 부르는 사랑의 노랫소리가 들려올 뿐 적막을 깨뜨리는 다른 소리는 어디서도 들려오지 않았다.

쥐 죽은 듯한 고요함 속에서 울버트는 누군가 멀리서부터 그들의 뒤를 몰래 따라오는 발자국 소리를 분명히 들은 것 같았다. 하지만 그 소리는 그들의 발소리가 조용한 거리에 울려 퍼져 메아리로 되돌아왔던 것일 테다. 또 한번은 커다란 형체가 그들 뒤를 밟고 있는 게 보였다. 그들이 걸음을 멈추면 따라서 멈추고 다시 발길을 재촉하면 그 형체도 다시 따라 움직이기 시작했다. 하지만 이 또한 안개 속의 가로등 불빛이 만들어낸 희미한 불빛과 그림자 따위로 허깨비가 보이는 것임에 틀림없어 보였다.

늙은 어부가 그들을 기다리고 있었다. 그가 사는 작은 오두막 앞에 매여 있는 보트 선미에서 파이프 담배를 피우고 있다. 삽과 곡괭이 그리고 각등과 네덜란드 술병이 배 바닥에 놓여 있었다. 정직한 샘은 니퍼하우젠 박사의 약물보다는 술을 더 믿고 있는 게 틀림없었다.

이렇게 해서 세 명의 남자들은 작은 보트에 올라 한밤의 탐험길에 올랐다. 커다란 그릇을 타고 바다로 향한 고담의 현명하고 용기 있는 현인들처럼 지혜와 용기로 무장하고서 말이다. 높은 파도가 해협으로 빠르게 흘러갔다. 그들이 노를 젓지 않아도 배는 파도를 타고 앞으로 나아갔다. 마을은 어둠 속에 잠겨 있었다. 이따금씩 희미한 불빛만이 군데군데 깜빡일 뿐이었다. 해변에 자리 잡은 허름한 집의 창문이나 항구에 정박되어 있는 배의 선실 창문을 통해 새어나오는 불빛이었다. 깊고 별이 반짝이는 하늘엔 구름 한 점 보이지 않았다. 잔잔한

강의 표면 위로 별빛이 반사되어 빛나고 있었다. 그들이 나아가는 방향을 향해 별똥별이 꼬리를 길게 늘어뜨리며 떨어졌다. 이를 본 의사는 아주 좋은 징조라 말했다.

잠시 후 그들이 탄 배는 콜리어스 훅 부근으로 미끄러져 나아가고 있었다. 밤만 되면 이상한 일들이 자주 발생한다고 알려진 외진 여관이 자리 잡고 있는 곳이었다. 식솔들은 잠자리에 들어 여관 안은 어둡고 고요했다. 그 뱃사람이 사라져버린 곳을 지날 때 울버트는 오금이 저릴 정도로 서늘한 느낌을 받았다. 그는 니퍼하우젠 박사에게 그곳을 가리키며 뱃사람이 사라져버린 그날의 이야기를 들려주었다. 문득 모습을 숨긴 채 떠 있는 배의 모습을 본 것도 같다는 생각이 들었지만 해안 근처에 어둡게 깔린 그림자 때문에 무엇 하나 뚜렷이 분간할 수 없었다. 그들이 얼마 나아가지 않았을 때 뒤에서부터 조용히 그들을 따라오는 노 젓는 소리가 들리기 시작했다. 겁에 질린 샘은 혼신의 힘을 다해 노를 저었다. 바다에 대해서라면 모르는 게 없는 그였다. 덕분에 그들은 자신들을 뒤쫓던 누군가를—유령이 아니었다면—따돌릴 수 있었다. 잠시 후 그들은 터틀베이와 컵스베이를 가로질러 맨해튼 해안의 짙은 어둠 속에서 사람들의 눈에 띄지 않고 빠르게 앞으로 나아갔다. 마침내 흑인 어부는 작은 후미로 배를 몰아넣었다. 온통 나무로 둘러싸여 아무것도 보이지 않을 만큼 어두운 장소였다. 예의 쇠고리에 배를 고정시켰다. 뭍에 내린 그들은 랜턴을 켜고 각자 가지고 온 도구며 연장들을 챙겨들고 숲으로 향했다. 작은 소리에도 그들은 몸을 들썩일 정도로 놀라곤 했다. 마른 나뭇잎 위로 내딛는 자신들의 발자국 소리며 어딘가 가까운 곳에 버려진 폐가의 무너진 굴뚝에서 들려오는 가면올빼미의 울음소리에도 심장이 멎을 듯 소스라쳤다. 울버트가 예전에 남겨 놓은 표식을 따라가기만 해도 되는 것이었지만 보물이 묻혀 있을 거라 추정되는 숲 속 공터를 찾아가기까지는 꽤나 긴 시간이 걸렸다. 이윽고 그들은 바위 돌출부에 다다랐다. 랜턴 불빛으로 바위 표면을 살펴보던 울버트는 의문의 십자 표시 세 개를 발견했다. 심장이 요동치기 시작했다. 자신들이 그토록 바라던 소망을 이뤄줄 순간이 코앞에 다가왔던 것이다.

울버트가 랜턴을 비추는 동안 의사는 점막대기를 준비했다. 양 갈래로 뻗은 작은 나뭇가지로 갈라진 두 개의 나뭇가지를 각각 양손으로 움켜쥐고 가운데의 몸통줄기가 위로 향하도록 수직으로 세웠다. 의사는 그의 요술봉을 이리저리 움직여 보았다. 지면으로부터 일정한 거리를 유지하며 이곳저곳에 막대기를 갖다대봤지만 한동안은 아무런 반응도 일어나지 않았다. 울버트는 랜턴을 들고 의사가 나뭇가지를 들이대는 곳마다 따라다니며 뭐라도 일어나지 않을까 노심초사 숨죽여 바라보고 있었다. 마침내 막대기가 천천히 방향을 잡아 움직이기 시작했다. 막대기를 꽉 쥐고 있던 의사의 손은 요동치는 흥분으로 떨리고 있었다. 막대기는 계속해서 어느 한 지점을 향하고 있었다. 마침내 가지의 몸통이 방향을 바꾸더니 수직으로 땅을 가리켰다. 항상 극점을 향해 있는 나침반의 바늘처럼 어느 한 곳에 고정된 가지는 더 이상 움직이지 않고 있었다.

"바로 여기야!"

거의 들리지 않을 정도의 목소리로 의사가 말했다.

울버트는 심장이 목구멍으로 넘어올 것 같았다.

"그럼 이제 팔까요?"

혹인 어부가 삽을 쥐며 물었다.

"맙소사, 무슨 소리를 하는 거야. 안 돼!"

작은 체구의 의사가 급하게 소리쳤다. 그는 일행에게 무조건 자기 곁에 가까이 붙어 절대로 소리를 내지 말라고 명령했다. 그렇지 않으면 보물 주위를 맴도는 악령들로부터 해코지를 당하게 될 것이고 이를 방지하기 위해 일종의 의식을 치룰

거라고 했다. 그러더니 그들 주위를 빙 둘러 세 명 모두 들어
앉을 수 있을 정도의 커다란 원을 땅 위에 그렸다.

마른 가지와 나뭇잎 등을 모아 와서 불을 지핀 다음 그 위로
자신이 바구니에 담아온 약물과 마른 약초를 던져 넣었다. 금
세 연기가 짙게 피어올랐다. 유황과 아위수지 냄새가 코를 찌
르듯 강하게 풍겨왔다. 인간들에게는 참기 힘든 냄새지만 혼
령들에게는 더할 나위 없이 향기로운 냄새라는 게 의사의 설
명이었다. 숨이 턱하고 막힌 가엾은 울버트의 입에서 콜록거
리는 기침소리와 색색거리는 목쉰 소리가 터져 나와 숲의 적
막 속에 울려 퍼졌다. 니퍼하우젠 박사는 겨드랑이 밑에 끼고
있던 책을 손에 들어 펼쳤다. 붉은색과 검정색의 독일어가 찍
혀 있는 책이었다. 울버트가 랜턴으로 책을 비추자 그는 안경
을 꺼내어 코에 걸고 라틴어와 독일어로 주문을 외웠다. 그리
고는 샘에게 곡괭이를 들어 일을 시작하라고 지시했다. 땅이
딱딱하게 굳은 것으로 보아 수 년 동안 사람의 발길이 닿지 않
았음이 분명해 보였다. 곡괭이로 땅의 표면을 파헤치자 모래
와 자갈이 뒤섞인 층이 나왔다. 샘은 기세 좋게 흙을 파내기
시작했다.

"쉿!"

울버트가 갑자기 목소리를 낮춰 말했다. 그는 누군가 마른 나뭇잎을 밟아 바스락거리는 소리가 수풀 속에서 들린 것 같았다. 샘이 삽질을 멈추자 그들은 가만히 귀를 기울였다. 아무런 소리도 들리지 않았다. 박쥐 한 마리가 소리 없이 그들 옆으로 날아갔다. 숲 한가운데 나타난 낯선 불빛에 잠에서 깬 새 한 마리가 둥지에서 일어나 불빛 주위를 맴돌며 날기 시작했다. 숲 속의 깊은 적막 속에서 해변의 암벽 사이로 파도가 물결치는 소리와 멀리 헬 게이트로부터 울려 퍼지는 음산한 소리가 들려왔다.

혹인 어부는 다시 땅을 파기 시작했다. 제법 커다란 구덩이가 만들어질 정도였다. 의사는 구덩이 가장자리에 서서 이따금 그 검은색 글씨가 찍힌 책에 적힌 주문을 외거나 불을 피워둔 곳에 약품이나 약초를 더 던져 넣었다. 울버트만이 다른 생각은 잊은 채 정신 나간 사람처럼 삽질을 바라보고 있었다. 혹여나 누군가 봤다면 착각하기 딱 좋은 광경이었다. 약품과 약초를 태우려 지핀 불과 랜턴 그리고 울버트의 붉은색 망토에 반사된 빛을 본다면 말이다. 키 작은 의사는 어딘가 기분 나쁜 마법사로 주문을 외느라 정신이 없고, 머리가 허연 혹인 어부는 주인인 마법사에게 충성스러운 하인으로 보인다 해도 이상

할 게 없는 광경이었다.

마침내 어부의 삽 끝에 뭔가 닿으며 둔탁한 소리를 냈다. 그 소리에 울버트의 가슴이 요동치기 시작했다. 흑인 어부가 다시 한 번 삽으로 땅속 무언가를 건드려보았다.

"무슨 상자 같은데?"

샘이 말했다.

"내 장담컨대 금은보화로 가득 차 있을 거야!"

환희에 찬 울버트가 두 손을 맞잡아 쥐며 소리쳤다.

울버트가 이렇게 말하는 순간 그의 위에서 바스락거리는 소리가 들려왔다. 그가 소리나는 방향을 올려다보았을 때, 맙소사! 사그라지는 불길로부터 나오는 빛이 바위 위를 비추고 있었고 거기에는 물에 빠져 죽은 뱃사람이 허연 이빨을 드러내고 무서운 표정으로 울버트를 내려다보고 있는 것이었다.

울버트는 비명을 지르며 랜턴을 바닥에 떨어뜨렸다. 그 소리에 함께한 일행들도 무슨 일이 일어났음을 직감할 수 있었다. 흑인 어부는 단숨에 구덩이 밖으로 뛰쳐나왔고 의사는 가지고 있던 책과 약초 바구니를 바닥에 떨어뜨리더니 독일어로 기도를 읊기 시작했다. 한순간에 모든 것이 공포와 혼란에 휩싸였다. 모닥불의 남은 불씨가 흙바닥 여기저기로 튀기고 랜턴의 불빛은 꺼져버렸다. 그들은 서로 부딪치며 우왕좌왕 뛰어다녔다. 그 광경을 보고 있자면 봉인에서 풀린 도깨비 무리가 이리저리 날뛰는 것 같았다. 타다 남은 잿불이 흩날리며 그 속에서 빨간 모자를 쓴 이상한 형체가 보이는 것도 같았다. 무슨 소린지 알아듣지 못할 말을 중얼거리며 그들 주위로 날뛰었다. 의사는 앞에 보이는 길을 따라 냅다 도망쳤다. 흑인 어부는 의사의 반대 방향으로 내달리기 시작했다. 우리의 울버트는 물 쪽으로 방향을 잡고 도망치기 시작했다. 두려움에 정신없이 덤불숲을 헤치며 뛰어가는 울버트의 뒤로 누군가 쫓아오는 발소리가 들렸다. 울버트는 미친 듯이 달렸다. 하지만 발소리는 더욱 더 가까이서 들려왔다. 뒤로 펄럭이던 울버트의 망토를 추적자가 붙드는 순간 어디선가 또 다른 누군가가 나타나 울버트를 쫓던 자를 공격해 넘어뜨렸다. 곧 두 형체는 그야말로 육탄전을 벌였다. 급기야 권총이 발사되고 그 빛으로 한순간 주위의 바위와 덤불의 모습이 눈에 들어왔다. 두 형체는 여전히 서로에게 엉겨 붙어 싸우는 중이었다. 사위는 곧바로 다시 칠흑 같은 어둠에 휩싸였고 둘의 싸움은 계속되고 있었다. 바닥을 뒹굴며 두 형체가 내는 거친 숨소리와 흡사 짐승처럼 으르렁거리는 소리가 났고 욕지거리도 들려왔다.

울버트는 거기서 그 뱃사람의 목소리를 알아들을 수 있었다. 울버트는 당장이라도 그 자리에서 도망치고 싶었지만 그의 뒤로는 깎아지른 듯한 절벽이 펼쳐져 있어 이러지도 저러지도 못하는 상황이었다.

두 형체는 다시 일어났지만 몸싸움은 계속되고 있었다. 오직 강한 자만이 살아남고 약한 자는 절벽 끝으로 밀려나 저 아래 소용돌이치는 깊은 물 속으로 고꾸라져 사라질 것이다. 풍덩하고 누군가 물에 빠지는 소리가 들렸다. 곧 이어 제대로 숨도 쉬지 못하고 물을 먹어가며 내는 사람의 목소리가 들렸다. 하지만 어둠 속에서 그는 아무것도 볼 수 없었다. 오로지 들려오는 건 사람이 물에 빠져 죽어가는 소리뿐이었다. 하지만 그 소리마저 급류에 휩쓸려 가버리고 남은 것은 아무것도 없었다. 결국 둘 중에 하나는 물에 빠져 죽어버렸다. 저 남은 형체는 나를 도와주려는 것일까, 아니면 역시 나를 해치려는 것일까? 어쩌면 둘 다 적일지도 모른다. 울버트는 아무것도 장담할 수 없었다. 싸움에서의 생존자가 그에게 다가오고 있었다. 다시 공포감이 울버트를 휘감았다. 저 멀리 지평선을 배경으로 뾰족하게 서 있는 바위들의 그림자가 보였다. 그 사이로 사람의 형체가 이쪽으로 걸어오는 게 보였다. 분명이 그 뱃사람이 틀림없다. 어디로 도망쳐야 할까. 바로 뒤에는 천 길 낭떠러지고 앞에서는 살인마가 다가오고 있다. 놈이 바로 코앞까지 다가왔다. 울버트는 절벽 아래로 뛰어내렸다. 그가 입고 있던 외투자락이 절벽 가장자리에 자라 있는 나뭇가지 끝에 걸렸다. 발끝에 닿는 게 없었다. 공중에 뜬 상태로 대롱대롱 매달리게 되었다. 그가 집을 나설 때 사려 깊은 그의 아내가 목에 둘러준 망토 끈이 나뭇가지와 그의 몸을 하나로 이어주고 있었지만 언제 끊어져버릴지 모를 일이었다. 울버트는 결국 이렇게 죽는구나 하고 생각했다. 성 니콜라스에게 그의 영혼을 위탁하기로 했다. 결국 끈이 끊어지고 그는 절벽 아래로 굴러떨어졌다. 그의 몸은 바위에 부딪히고 수풀에 여기저기가 할퀴었다. 빨간 망토만이 피에 젖은 깃발처럼 허공에 펄럭이고 있었다.

울버트는 한참이 지난 후에야 정신을 차렸다. 그가 눈을 떴을 때는 이미 햇살이 아침 하늘 위에 빛나고 있었다. 그는 보트 바닥에 누워 있는 자신을 발견했다. 몸 여기저기가 두들겨 맞은 듯 아파왔다. 몸을 일으켜 앉으려고 시도했지만 고통이 너무 심하여 몸이 말을 듣지 않았다. 친절한 목소리가 그대로 누워 있는 게 좋겠다고 말했다. 그는 목소리의 주인공을 향해 고개를 들어보았다. 그 주인공은 다름 아닌 더크 왈드론이었다. 여자들 특유의 호기심이 발동해 울버트와 의사 간의 이야기를 엿들은 웨버 부인과 그의 딸이 더크 왈드론에게 울버트와 그의 일행을 미행해달라고 부탁했던 것이다. 멀리서 거리를 두고 어부의 배를 뒤따라오던 그는 때맞춰 나타나 추적자로부터 울버트 웨버를 구해낼 수 있었던 것이다.

위험천만했던 모험은 이렇게 막을 내렸다. 의사와 흑인 샘은 각자 알아서 맨해튼으로 돌아왔다. 무시무시한 모험담을 한가득 안고 말이다. 가엾은 울버트로 말할 것 같으면, 황금이 가득 든 자루를 둘러매고 의기양양하게 나타나기는커녕 들것에 실려 한 무리의 동네 꼬마 녀석들을 뒤에 달고 사람들 앞에 나타났다. 그의 부인과 딸은 그 참담한 광경을 바라보고 있었다. 그들의 곡소리에 이웃 사람들이 깜짝 놀라 뛰쳐나왔다. 생계도 내팽개치고 얼빠진 사람처럼 이리저리 나돌더니 결국 저렇게 허망하게 자연의 품으로 돌아가는구나 싶었다. 하지만 그가 아직 살아 있다는 걸 알게 된 후 그들은 울버트를 곧장 침대로 옮겨 뉘었다. 마을 여인들은 함께 모여 그의 치료방법에 대해 논의했다. 온 동네가 울버트를 두고 수군거리기 시작했다. 많은 사람이 지난밤의 사건이 일어난 장소로 다시

가보았다. 하지만 거기까지 찾아간 고생에 대한 보상이 될 만한 물건은 전혀 찾지 못했다. 참나무로 만든 수납장의 일부와 철제 냄비 뚜껑 같은 게 발견되어 숨겨진 돈의 흔적이라고 여기는 사람들도 있었다. 짐짝이나 상자가 있었던 흔적이 그 낡은 집 창고에서 발견되기도 했다. 하지만 보물의 증거라고 하기엔 죄다 모호한 것들뿐이었다.

사실 이 이야기에 대한 진의는 오늘날까지도 확실하게 밝혀진 바가 거의 없다. 그 장소에 보물이 묻혀 있기나 한 건지, 만약 그렇다면 보물을 묻은 사람들이 얼마 후에 다시 찾아가지는 않았는지 혹은 숲 속 정령의 보호 아래 지금도 주인이 나타나기를 기다리는 건 아닌지 말이다. 나로서는 가장 후자에 가능성을 두고 싶다. 해적들과 네덜란드 통치자들의 시대 이래로 위의 이야기에 등장하는 장소뿐만 아니라 이 맨해튼 섬 곳곳에 어마어마한 양의 보물이 숨겨져 있을 거란 사실을 나는 믿어 의심치 않고 있다. 특별히 바쁜 일이 없는 시민들이라면 그 보물들을 찾아나서 보는 것은 어떨까.

콜리어스 훅의 작은 선술집에 나타나 잠시나마 절대권력을 누리다 기괴한 방법으로 사라졌다 다시 끔찍한 모습으로 나타났던 뱃사람에 대해서는 온갖 억측이 난무했다. 그 집에 머무르며 동료들이 날선 바위들이 즐비한 해협에 자신들의 물건을 안전하게 내릴 수 있도록 돕고 있었던 거라는 사람도 있었고, 키드나 브래디쉬 같은 해적의 옛 동료로서 오래전 이 근방에 묻어둔 보물들을 옮겨가기 위해 이곳으로 돌아온 것이라는 사람도 있었다. 이 수수께끼 같은 일에 희미한 단초를 제공하는 정황이 포착되었다. 해적선처럼 보이는 외국배가 상륙도 하지 않고 당국에 신고도 하지 않은 채 해협 근처를 선회하기만 하는 모습이 사람들 눈에 띄었던 것이다. 작은 보트들이 밤에 그 배로 왔다 갔다 하는 게 보일 뿐 배는 여전히 항만 입구에 떠 있었다. 울버트의 보물 발굴이 실패로 돌아간 이후의 일이다.

믿기 힘든 일이기는 하지만 또 다른 목격담이 전해오기도 한다. 물에 빠져 죽은 것이 분명해보이는 그 해적이 동이 트기 전에 손에는 랜턴을 들고 궤짝에 걸터앉아 분노에 가득찬 괴성을 지르며 헬 게이트로 향하고 있는 모습이 목격됐다는 것이다.

수많은 뜬소문과 이야깃거리가 나도는 와중에도 불쌍한 울버트는 몸과 마음이 만신창이가 되어 침대 속에서 고통의 나날을 보내고 있었다. 그의 아내와 딸은 그의 병든 몸과 마음을 치유하기 위해 각고의 노력을 기울였다. 부인은 뜨개질을 하며 밤낮으로 그의 곁을 지켰고 딸도 할 수 있는 한 최선을 다해 울버트를 돌보았다. 이웃들의 원조도 끊이지 않았다. 마을 아낙들은 하나같이 일손도 놓은 채 울버트 웨버의 집에 모여들어 그의 안부를 묻거나 그가 겪었던 일에 대해 더 자세히 듣고자 했다. 게다가 한 사람도 맨손으로 오는 사람이 없었다. 박하나 세이지, 향유, 그 외 각종 허브 등을 작은 병에 담아 와서 자신들의 전문적인 간호 실력을 내보일 수 있는 기회로 삼았다. 하지만 어떤 약을 써도 울버트의 병세는 호전되지 않았다. 조각보 이불 아래에서 애처로워 보이는 눈빛으로 바라보는 그의 얼굴은 하루가 다르게 수척해졌다. 계속해서 몸이 말라가고 창백해져만 가는 그의 모습은 눈물 없인 볼 수 없는 광경이었다. 그의 주위에 모인 한 무리의 아낙들은 이런 그의 모습에 한숨을 내쉬고 혀를 끌끌 찰 뿐이었다.

한탄 가득한 이 집에서 한 줄기의 빛처럼 빛나는 이는 더크 왈드론뿐이었다. 활기차고 남자다운 기세로 찾아와 울버트가 기력을 되찾을 수 있도록 도와주고 있었다. 하지만 그도 울버트의 병세를 호전시키기엔 역부족이었다. 울버트는 더 이상 가망이 없어보였다. 절망적인 나날을 보내던 그에게 더욱 절망적인 소식이 날아들었다. 시의회에서 보낸 공문에 의하면 그의 배추밭 한가운데를 가로지르는 도로가 건설될 것이라는 것이다. 이제 그에게 남은 것이라곤 가난과 몰락의 길뿐이었다. 선조에게서 물려받은 땅이—그가 마지막으로 기댈 수 있었던—곧 뒤집어 엎어져 더 이상 농사는 꿈에도 못 꾸게 될 참이었다. 그의 불쌍한 아내와 딸은 이제 어떻게 된단 말인가!

어느 날 아침이었다. 울버트는 그의 사랑스러운 딸이 방을 나서는 뒷모습을 바라보고 있었다. 두 눈에는 눈물이 그렁그렁 고여 있었다. 더크 왈드론이 그의 옆을 지키고 있었다. 울버트는 딸을 가리키며 그의 손을 잡았다. 몸져누운 이후 처음으로 입을 열었다.

"나는 가네."

힘없이 고개를 저으며 울버트가 말했다.

"내가 죽고 나면, 불쌍한 내 딸은……."

"저에게 주십시오!"

더크 왈드론이 사내답게 말했다.

"제가 그녀를 책임지겠습니다!"

울버트는 청년의 활기차고 건강한 얼굴을 올려다보았다. 그보다 여인을 더 잘 지켜줄 수 있는 남자는 없어 보였다.

"좋아."

그가 말했다.

"그 아이를 자네에게 주겠네! 이제 내 변호사를 불러오게 나. 죽기 전에 유언장을 만들어야지."

변호사가 불려왔다. 루어백*—발음 나는 대로 읽자면 롤벅 **—이라는 이름으로 머리를 짧게 깎아 말끔한 외모에 키가 작고 어딘가 부산스러운 인물이었다. 변호사가 나타나자 부인 과 딸은 커다란 소리로 비탄에 빠져들었다. 유서에 서명하는 울버트의 모습이 마치 스스로에게 사망선고를 내리는 것처럼 보였기 때문이다. 울버트는 그들에게 슬퍼할 것 없다는 듯 힘 없이 손짓했다. 가엾은 에이미는 비통한 마음에 침대자락에 머리를 묻었다. 울버트 부인은 슬픔을 감추기 위해 다시 뜨개 질바늘을 잡았다. 하지만 그녀의 오뚝한 콧날 끝에서 똑똑 떨 어지는 눈물은 어떻게 해도 숨길 수 없었다. 아무것도 모르는 고양이만이 바닥에 굴러다니는 털실을 이리저리 굴리며 장난 에 한창이었다.

울버트는 등을 대고 누웠다. 취침용 모자는 이마까지 내려

* 루어백 – Roorback은 선거전에서 사용되는 선전 방법 중 하나로 중상모략이라는 뜻이다.
** 롤벅 – Rollebuck은 Roll Buck, 즉 돈을 굴린다는 의미로 해석할 수 있다.

와 있었고 눈을 감고 있는 그의 모습은 죽어가는 사람의 모습 그 자체였다. 그는 마지막이 다가옴을 느끼고 변호사에게 어서 받아 적을 준비를 하라고 부탁했다. 변호사는 펜을 준비하고 종이를 펼쳐 울버트의 유언을 받아 적을 준비를 했다.

"나는 다음을 증여하는 바다."

울버트가 힘없이 말했다.

"내 작은 농장과……."

"뭐라고요! 농장 전부를 말입니까?"

변호사가 소리쳤다. 울버트는 눈을 반쯤 떠서 변호사를 올려다보며 말했다.

"그래, 전부 다."

"정말입니까? 배추와 옥수수를 심은 저 땅을 말인가요? 시에서 곧 커다란 길을 낼 거라는 그곳 말입니까?"

"그래."

싶은 한숨을 내쉬고 다시 베개에 머리를 묻으며 울버트가 말했다.

"상속 받을 사람이 누군지는 몰라도 대박 났군!"

자신도 모르게 낄낄거리며 두 손을 비비면서 이 작달막한 변호사가 말했다.

"무슨 소리요?"

울버트가 다시 눈을 뜨며 물었다.

"그 땅을 상속 받을 사람은 이 근방에서 가장 부자가 될 거란 말이오."

루어백이 소리쳤다. 울버트의 꺼져가던 생의 불꽃이 다시 밝게 빛나기 시작했다. 삶과 죽음의 경계에서 돌아와 두 눈을 다시 반짝이며 혼자서 자리를 박차고 일어나더니 그의 빨간색 털실모자를 밀어 올리며 변호사를 똑바로 쳐다보았다.

"지금 농담하는 거야?"

그가 못 믿겠다는 듯이 소리쳤다.

"맹세코 진심이오."

상대방이 대답했다.

"왜냐, 그 커다란 농지와 넓은 초원에 도로가 펼쳐지고 보기 좋은 건물들이 들어선다 말입니다. 그렇게 되면 대지주인들 부러울 게 있겠소?"

"정말인가?"

울버트가 침대 밖으로 몸을 내밀며 소리쳤다.

"그렇다면 난 아직 유서를 작성할 준비가 안 된 것 같군."

놀랍게도 금방이라도 죽을 것 같던 사람이 되살아나는 순간이었다. 빛이 다해 희미해져가던 생의 불꽃에 이 키 작은 변호사가 환희의 연료를 부어 울버트의 영혼을 다시 소생시킨 것이다. 이제 그의 삶에 대한 열정은 다시 한 번 불타오르고 있었다.

마음의 병은 마음만 치료하면 되는 것을! 울버트는 며칠 만에 방 밖으로 나설 수 있었다. 며칠이 더 지나자 그의 탁자 위에는 부동산 양도증서며 도로와 건물을 세울 계획서 따위가 넘쳐났다. 루어백은 울버트의 오른팔이자 고문으로 그와 계속 일하게 되었다. 유언장 작성을 돕는 대신에 그의 재산을 불릴 수 있도록 일을 도왔다.

사실 울버트 웨버는 자신도 모르는 사이에 부를 축척하게 된 수많은 맨해튼 사람들 중 한 사람이었다. 대도시의 자락에서 자신이 물려받은 농지에 묵묵히 순무와 배추를 심어 길러가며 겨우 남의 빚이나 지지 않고 살면 다행인 삶을 살아오다 어느 날 갑자기 자신의 토지 한가운데를 가로지르는 도로가 생겨 정신을 차려보니 엄청난 부자가 된 자신을 발견하게 된 것이다.

몇 달 지나지도 않아 사람들로 북적거리는 도로가 웨버의 배추밭을 가로지르고 있었다. 그가 그토록 보물이 나오길 바랐던 바로 그곳에 말 그대도 황금의 꿈이 실현된 것이요, 정말 예기치 않은 곳에서 부자가 될 수 있는 방법을 찾은 것이다. 선조가 물려준 땅에 건물을 세우고 세입자를 들였더니 팔아 봤자 얼마 되지도 않는 배추작물 대신 집세가 넘쳐나도록 들어오기 시작했다. 1년에 네 번씩 집세를 내는 날이면 아침부터 저녁 늦게까지 세입자들이 문을 두드리는 소리가 끊이지 않았다. 배가 불룩한 돈 가방을 들고 있는 그들을 보고 있자면 그야말로 땅에서 황금이 솟는 것이나 다름없었다.

선조 때부터 물려오는 저택은 계속 그 자리에 서 있었다. 달라진 점이라면 배추밭 한 켠에 서 있던 노란 벽돌의 네덜란드식 건물이 아니라 마을에서 가장 웅장한 건물들 중 하나가 되어 거리 중심에 우뚝 서 있다는 것이다. 이유인즉슨 울버트가 본채 양옆으로 건물을 증축하여 더운 날이면 꼭대기에 올라 담배 파이프를 물고 쉴 수 있는 공간을 새로 만들었기 때문이다. 세월이 흐르자 그곳에는 살이 포동포동하게 오른 아이들이 뛰놀기 시작했다. 에이미 웨버와 더크 왈드론의 아이들이었다.

울버트는 세월이 흘러 나이를 먹고 체중도 늘자 연갈색의 커다란 마차를 장만했다. 땅에 닿을 만큼 길고 멋진 꼬리털을 가진 플랑드르산 암말 두 마리가 마차를 끌었다. 또한 그는 자신의 과업과 명예를 후세에 전하기 위해 문장을 제작했다. 집 벽 한편에 패널을 대어 활짝 핀 배추를 그려 넣고 'Alles korf'라는 의미심장한 제명을 적어 넣었다. 즉 '머리를 쓰라'는 뜻으로, 머리를 써서 자신이 이런 위치에 오를 수 있었다는 걸 사람들에게 말하고 싶었던 것이다.

다시 세월이 흘러 명망 높았던 람프 라펠예는 조상의 품에 영원히 잠들었다. 그리고 그의 차지였던 여관 응접실의 가죽 의자에는 울버트 웨버가 물려 앉게 되었다. 울버트 웨버는 그 의자 위에서 언제나 신뢰할 수 있는 이야기와 재미있는 농담으로 사람들을 즐겁게 하며 오랫동안 명예로운 삶을 영위했다.

sleepy Hollow

립 반 윙클

아래의 이야기는 디트리히 니커보커의 원고에서 발견된 것이다. 이 노신사는 뉴욕 출신으로 그 지역 네덜란드인들의 역사와 최초 이주민들의 후손들이 가진 풍습 등에 지대한 관심을 두고 있었다. 그의 역사연구는 문헌을 활용하기보다는 직접 사람들을 만나며 이루어지는 경우가 대부분이었다. 그가 특히 관심을 두고 있는 주제를 다룬 문헌들은 아쉽게도 양이 너무 적었다. 반면에 한평생을 그곳에서 살아온 주민들의 입을 통해 전승된 풍부한 이야기는 값을 매기기 어려울 정도로 귀중한 역사연구의 자료로 쓰였다. 그러한 이유로, 나지막한 지붕의 집 마당에는 플라타너스도 한 그루쯤 심어놓은 순수 네덜란드인 가정을 발견하게 되는 날이면, 아주 오래된 책을

찾아내어 살펴보듯 열정적인 태도를 가지고 그들을 연구하곤 했다.

그는 몇 년 전 이 모든 연구결과물들을 책으로 출판했다. 그 책은 네덜란드 통치 시대 이 지역의 역사 그 자체라고 해도 과언이 아니었다. 그의 저작에 대해서는 사람들의 의견이 분분했는데, 개인적인 생각을 사실대로 말하자면 그의 작품은 문학적 측면에서 그리 뛰어난 편은 아니었다. 이 책의 가장 큰 가치는 역사적인 사실을 꼼꼼하고 정확하게 기술했다는 것이다. 이 부분에서도 출판 초기에는 다소 문제점이 지적되었지만, 시간이 지나면서 견고하게 다듬어져 지금은 모든 역사선집에 빠짐없이 등장할 정도로 확고한 권위를 가진 책으로 여겨지고 있다.

노신사는 그의 작품이 책으로 출간된 직후 세상을 떠났다. 그는 더 이상 이 세상 사람이 아니므로 내가 '그의 시간을 더욱 의미 있는 곳에 사용했더라면 좋았을 텐데'라고 말하더라도 당사자에게 큰 실례가 되지는 않으리라 생각한다. 그는 평소에 다소 독단적으로 행동하는 측면이 있어서 종종 지인들과의 관계에서 작은 문제를 일으킨다든지, 그가 진정으로 존경하고 호의를 가진 몇몇 벗들의 마음을 아프게 하는 경우가 있었다. 하지만 그의 과오와 어리석은 행동도 노여움으로 기억되기보다는 슬픔으로 받아들여졌고, 주변 사람들은 그가 결코 남을 해치거나 공격할 의도가 없었음을 알고 있었다. 비평가들이 그의 작품을 어떻게 생각했든 그는 여전히 여러 측면에서 가치 있는 평가를 받고 있다. 특별한 예를 들자면, 누군가의 얼굴을 워털루 기념 메달이나 앤 여왕 시대의 동전 위에 새기는 것처럼 비스킷 제조자는 이 노신사의 얼굴을 새해 기념 케이크에 새겨 넣어 오랫동안 그를 기억하고 싶어 했던 것이다.

허드슨 강을 따라 배를 타고 여행해본 사람이라면 누구든 캐츠킬산맥을 기억할 것이다. 애팔래치아 산맥에서 뻗어 나온 지맥으로, 저 멀리 강의 서쪽에 높이 솟아올라 주변을 내려다보고 있다. 계절이 바뀌고 날씨가 바뀜에 따라, 아니 심지어는 하루에도 몇 번씩 산은 스스로 자신의 모습에 변화를 준다. 이 주변뿐만 아니라 다른 마을에 사는 아낙네들도 산의 이러한 변화를 청우계 삼아 살아가고 있었다. 날씨가 맑은 날엔 산은 푸른빛과 자줏빛으로 물들어 저녁 하늘과 만나는 곳에 뚜렷한 경계를 만들어낸다. 그러나 어떤 때는 주변이 구름 한 점

없이 맑은 날임에도 불구하고 산꼭대기에는 마치 사람이 두건을 쓴 것 같은 모양으로 잿빛 구름이 내려앉아, 해가 지는 순간에 흡사 영광의 왕관을 쓴 것처럼 보이는 때도 있었다.

배를 타고 산기슭을 따라 여행하다 보면 한 번쯤, 마을에서 피어오르는 엷은 연기를 보았을 것이다. 나무 사이로 판자 지붕들이 언뜻 비치기도 하고 고원의 푸름이 주변의 초록에 녹아든다. 이 마을은 피터 스타이브샌트의 치세기간이 막 시작되던 무렵 몇몇의 네덜란드인들에 의해 세워진 작은 마을이었다. 얼마 전까지만 해도 최초 이주민들이 살았던 집이 몇 채 정도는 남아 있었다. 네덜란드에서 직접 공수해온 노란색 작은 벽돌로 지은 그 건물들은 격자 형태의 창문과 박공구조의 전면부에 지붕 꼭대기에는 풍향계가 달려 있는 그런 모양이었다.

이곳이 아직 영국의 영토였을 때였다. 마을의 이런 가옥들 중 한 곳에—정확히 말하자면 풍파에 낡을 대로 낡아버린— 립 반 윙클이라는 이름을 가진 소박하고 마음씨 좋은 사람이 살고 있었다. 그의 선조인 반 윙클 가 사람들은 피터 스타이브샌트 시대에 용맹함으로 널리 알려져 있었고, 그를 따라 포트 크리스티나 요새 전투에 참가했던 적이 있을 만큼 기사도 정신으로 무장한 사람들이었다. 하지만 후손인 립 반 윙클은 그런 기질을 전혀 물려받지 못한 인물이었다. 대신 그는 소박하고 사람 좋기로 유명한 사람이었다. 이웃들에게는 친절했고 아내에게 복종하는 공처가였다. 아니, 어쩌면 집에서부터 아내에게 잡혀 살기 때문에 집 밖에 나가서도 좋은 성품을 유지할 수 있었고, 사람들은 그의 그런 점을 좋아했을지도 모르겠다. 그의 온순하고 타협적인 성향은 아내에게 잔소리 듣는 데 익숙해진 결과임이 분명했다.

남편들의 성질머리는 가정이라는 지옥의 용광로에서 녹아 부드러워지기 마련이다. 잠자리에 들어서도 계속되는 아내의 잔소리는 인내와 참을성의 미덕을 가르쳐주는 이 세상 모든 교훈과도 맞먹을 정도의 가치를 가진다. 이렇게 본다면 아내의 잔소리가 다소 심하다고 한들 이는 오히려 축복으로 여겨질 수도 있고, 그렇다면 립 반 윙클은 세상에서 가장 축복받은 사내라 할 수도 있겠다.

확실히 그는 마을 아낙네들 사이에서 인기가 높은 사람이었다. 여자들이 흔히들 그렇듯, 혹여 립 반 윙클 부부 사이에서 싸움이라도 일어나게 되면 마을 여인들은 죄다 립 반 윙클의 편을 들어주었다. 저녁 시간에 모여 앉아 떠도는 소문이나 남의 흥을 볼 때도 부인들은 항상 반 윙클 부인을 비난하곤 했다. 마을 꼬마들도 립의 모습이 보이면 환호성을 지르며 그를 반겼다. 립은 아이들을 위해 장난감을 만들어주거나 연 날리기, 구슬치기를 가르쳐주고 유령이나 마녀 또는 인디언이 등장하는 이야기를 들려주며 마을 꼬마들을 즐겁게 했다. 마을 여기저기를 한가히 돌아다닐 때면 아이들은 무리를 지어 그의 주위에 몰려들었고, 옷자락을 잡아당긴다든지 어깨 위에 올라타 심한 장난을 치기도 했지만 립 반 윙클은 그런 것들도 다 받아주는 성격이었다. 마을의 개들도 그에게만은 짖지 않았으니 그의 성격이 퍽이나 무던했던 게 틀림없다.

반면 립의 성격 중에서 가장 큰 단점은 돈을 벌 수 있는 일에는 전혀 관심을 보이지 않는다는 것이었다. 그렇다고 그에게 근면함이나 인내력이 부족한 것은 아니었다. 그가 게으르고 참을성 없는 사람이었다면 타타르인의 창처럼 길고 무게도 꽤 나가는 낚싯대로 미끄러운 바위에 가만히 앉아 입질 한 번 오지 않는 낚시질을 종일 버티고 있을 리 만무하기 때문이다. 또한 그는 엽총을 어깨에 메고 몇 시간이고 숲이며 늪지대를 누비고 다녔고, 언덕과 계곡 사이를 오르내리며 다람쥐나 산비둘기 등을 사냥하기도 했다. 아무리 힘들다 하더라도 이웃 사람들을 돕는 일이라면 제일 먼저 앞장섰다. 옥수수 껍질을 까는 일부터 축대를 쌓아 올리는 일과 같이 사람들과 함께 할 수 있는 공동작업이라면 언제나 기쁜 마음으로 일했다. 마을 아낙들도 자신들의 남편이라면 절대 들어주지 않을 귀찮은 일을 립에게 부탁하곤 했다. 한마디로 립을 말하자면, 그는 남의 일이라면 무척이나 열심히 도와주고 잘하는 데 반해 정작 스스로 해야 할 일은 뒷전이었다. 가정에서는 의무를 다하지 않는 가장이며 밭에 나가서는 게으른 농부였던 것이다.

실제로도 그는 자신이 가꾸는 밭에서는 딱히 일을 할 필요가 없다고 생각했다. 이 근방에서 가장 질이 안 좋은 토양을 가진 게 자신의 농지라 힘들여 가꾸어봤자 일거리만 늘 뿐 토질은 나아질 기미가 보이지 않는다는 게 그의 주장이었다. 제대로 울타리가 둘러진 건 바랄 수도 없고 고삐 풀린 암소는 아무 데나 돌아다니며 채소밭을 헤집어놓곤 했다. 잡초도 립의 땅에서는 더 무성하게 자라났다. 마음먹고 일이라도 해볼까하고 밖으로 나가면 하늘에서 비가 내리는 식이었다. 그가 농사일을 시작한 이후로 선조로부터 물려받은 땅은 크기가 점점 줄어만 갔다. 겨우 남은 것이라곤 옥수수와 감자를 키울 수있는 작은 땅뙈기뿐이었다. 하지만 이마저도 이 근처에서 가장 황폐한 땅이었다.

그의 자식들도 마치 고아처럼 누더기 옷을 걸치고 여기저기서 아무렇게나 커갔다. 그의 아들 립은 장난꾸러기에다 그를 쏙 빼닮아, 소박함과 사소한 습관까지 아버지의 성질을 그대로 이어받은 것처럼 보였다. 아버지가 입다 버린 헐렁한 바지를 입고 어머니의 뒤만 쫓아다니는 것이 대부분이었는데, 흘러내리는 바지를 끌어올리며 걷는 모습이 마치 비오는 날 숙녀들이 치맛단을 살짝 올려 잡고 걷는 모습 같았다.

하지만 립 반 윙클은 어리석게 보일 만큼 낙천적이고 원만한 성격의 사람이었다. 무엇이든 좋은 게 좋은 거라 생각했고, 고민하거나 힘들이지 않고 얻을 수 있다면 흰 빵이든 검은 빵이든 상관없다는 게 그의 지론이었다. 그는 1파운드를 벌기위해 힘들게 일을 하느니 차라리 1페니밖에 없어도 굶는 쪽을 택할 사람이었다. 그렇게 그를 내버려두면 그는 한량처럼 휘파람을 불며 만족하며 살았을 것이다. 하지만 그의 아내는 그가 게으르고 만사에 무관심하며 이렇게 가다가는 집안이 망하고 말 거라는 둥, 그의 귀에 대고 끊임없이 잔소리를 퍼부었다. 아침, 점심, 저녁 할 것 없이 아내의 잔소리는 그칠 새가 없었다. 그가 하는 모든 말이며 행동은 결국 아내의 웅변과도 같은 잔소리로 되돌아왔다. 이러한 경우 립은 한 가지 대응책을 마련해두고 있었는데, 이는 평생 동안의 수많은 경험을 통해 자연스레 터득한 습관 같은 것이었다. 아내가 바가지를 긁기 시작한다 싶으면 아무 말도 없이 어깨를 으쓱하고는 머리를 흔들며 먼 하늘만 멀뚱히 바라보는 행동을 하는 것이었다. 하지만 이런 그의 행동은 아내로 하여금 더 지독한 잔소리를 퍼붓게 할 뿐이었다. 그러면 그는 슬그머니 물러서 집을 빠져나오곤 했다. 공처가들이 마음 놓고 지낼 수 있는 유일한 장소는 결국 집 바깥뿐이었다.

집안에서 유일하게 립을 따르는 것은 그의 개 울프뿐이었다. 개는 주인만큼이나 립의 아내에게 꼼짝도 못했다. 반 윙클의 부인은 그 둘을 싸잡아 게으른 종자로 여기고 있었고, 더욱이 하릴없이 빈둥거리는 남편의 행동이 다 이놈의 개 때문이라 여겨 녀석을 따가운 눈초리로 바라보기 일쑤였다. 사실 어느 모로 보더라도 울프는 훌륭한 개의 자질을 갖추고 있었다. 숲 속에서의 울프는 그 어떤 동물들보다 용맹하고 잽싸게 움직였다. 하지만 변화무쌍하고 끊임없이 조여드는 여자의 독설을 그 무엇이 당해낼 수 있겠는가? 집에 들어오는 순간부터 개는 기가 죽어 꼬리를 축 늘어뜨려 다리 사이로 말아 넣고 곧

죽으러 가는 모양으로 슬금슬금 걸으며 반 윙클 부인을 똑바로 쳐다보지 못했다. 그러다 그녀가 빗자루나 국자라도 들었다 싶으면 깨갱거리며 문으로 냅다 달아나곤 했다.

그들의 결혼생활이 해를 거듭할수록 립 반 윙클의 상황은 더욱 나빠질 뿐이었다. 아내의 성화는 시간이 흘러도 누그러들 줄을 몰랐고 잔소리 또한 쓰면 쓸수록 날카로워지는 칼끝처럼 정도가 심해졌다. 그는 예전부터 집에서 쫓겨날 경우 향하는 피난처가 있었다. 이 마을의 현인, 철학자 그리고 다른 한량들의 모임이 있었는데 바로 그곳에 참석해 스스로를 달래곤 했던 것이다. 이 모임은 조지 3세의 초상화가 간판처럼 걸려 있는 작은 여관 앞 벤치에서 열렸다. 여기 그늘에 앉아 마을에 오가는 소문이나 지루하기 짝이 없고 별 쓸모도 없어 보이는 이야기를 주고받으며 기나긴 여름 한낮을 보내곤 했다. 그러다 지나가는 여행객으로부터 날짜 지난 신문이라도 얻게 되는 날이면 어느 정치인이든 돈을 내고서라도 경청할 법한 그런 깊이 있는 대화가 이루어지기도 했다. 먼저 데릭 반 봄멜 교장선생이 예의 그 느릿느릿한 말투로 신문을 읽어나가면 나머지 사람들이 진지하게 듣는 게 보통이었다. 그는 사전에 나오는 어떤 어려운 단어 앞에서도 주눅 들지 않을 만큼 박식한 인물이었다. 이미 몇 달 전에 일어난 일을 두고 얼마나 곰곰이 따져가며 토론을 벌일지는 눈에 선한 일이었다.

이 모임의 모든 결정은 니콜라스 베더라는 사람에 의해 좌지우지되었다. 마을의 장로이자 여관 주인이기도 한 그는 아침부터 밤까지 문 앞에 자리를 잡고 커다란 나무 그늘 아래서 햇빛을 피해 조금씩 옆으로 옮겨다니는 것이 일상의 전부였다. 마을 사람들은 해시계를 보는 것마냥 그의 앉은 위치만 보고서도 지금이 몇 시인지 정확히 알 수 있었다. 그는 보통 말 없이 줄곧 담뱃대만 물고 있었다. 하지만 그의 추종자들은—어느 정도 위치에 오른 사람이라면 으레 그를 따르는 자들이 생기는 법이니까—그의 의중을 정확하게 간파하는 법을 알고 있었다. 그는 어딘가 심기가 불편할 때면 담뱃대를 뻑뻑 빨아서는 못마땅한 듯 연기를 짧게 뿜어댔고, 반대로 기분이 좋을 때는 담배를 천천히 한 모금 빨아 훅하고 가벼운 구름처럼 길게 연기를 내뿜었다. 그리고 때로는 담뱃대를 입에서 떼어 연기가 코 언저리에서 피어오르게 놔둔 채 고개만 끄덕이는 것으로 승인의 뜻을 표하기도 했다.

불행히도 립은 이 피난처에서조차 잔소리꾼 아내에게서 완전히 자유로울 수 없었다. 반 윙클 부인은 결국 이 망중한의 모임에까지 느닷없이 들이닥쳐 그곳 사람들 모두에게 험한 소리를 퍼부었던 것이다. 어디서든 당당하던 니콜라스 베더마저도 감히 반 윙클 부인이 퍼붓는 독설과 잔소리를 면치 못했다. 남편이 가진 게으름의 원인에 한몫 단단히 했다는 게 그의 죄목이었다.

불쌍한 립은 결국 절망 상태에 빠지고 말았다. 농장일과 아내의 잔소리를 피해 그가 택할 수 있는 유일한 해결책은 엽총을 들고 숲으로 향하는 것뿐이었다. 거기서 그는 나무 밑동에 앉아 갖은 박해를 함께 견뎌온 동료로서 항상 가엽게 여기는 울프와 가방 속에 가져온 음식을 나눠 먹곤 했다.

"불쌍한 울프, 네 안주인 때문에 고생이 이만저만 아니지? 하지만 너무 걱정 말아라. 내가 살아 있는 한 네 곁엔 항상 내가 있을 거니 말이다."

그러면 개는 꼬리를 흔들며 수심에 잠긴 듯한 표정으로 주인을 바라보았다. 만약 개에게도 사람이 느끼는 동정심이라는 게 있다면 그 동물도 진심을 다해 립 반 윙클을 가엾게 여겼을 게 분명했다.

어느 화창한 가을날 정처 없이 숲을 떠돌던 립은 어느덧 캐츠킬산의 가장 높은 지대로 들어서게 되었다. 평소에 다람쥐

사냥을 즐기는 그는 그날도 사냥에 나선 참이었다. 그가 쏜 총소리는 숲 속의 적막을 뚫고 메아리쳤다. 숨이 차고 피로해진 그는 절벽 위로 봉긋 솟은 작은 언덕 위에 몸을 뉘였다. 늦은 오후였다. 나무들 사이로 울창하게 우거진 삼림지대가 내려다보였다. 저 멀리서는 허드슨 강이 조용하면서도 웅장한 자태를 뽐내며 흐르고 있었다. 유리처럼 맑은 표면 위로 자줏빛 구름이며 작은 돛단배가 떠가고 있었다. 강물은 그렇게 흘러 푸른 고지대 사이로 사라져 보이지 않게 되었다.

반대편으로는 깊은 산기슭이 눈에 들어왔다. 초록이 무성하게 자란 골짜기가 자연 그대로의 모습을 간직하고 있었다. 그 주위로 높이 솟은 절벽에서 바위 조각들이 떨어져 햇빛도 거의 닿지 않는 계곡 바닥을 뒤덮고 있었다. 이러한 풍경을 바라보며 립은 얼마간 묵상에 잠겼다. 저녁 시간이 가까워졌다. 거대한 산이 만들어내는 검푸른 그림자가 골짜기를 감쌌다. 마을에 도착하기도 전에 날이 저물어버릴 것을 알아차린 그는 반 윙클 부인이 쏟아낼 온갖 욕설이며 잔소리 생각에 깊은 한숨부터 나왔다.

그가 막 산을 내려가려던 그때 어디선가 저 멀리서 "립 반 윙클! 립 반 윙클!" 하며 부르는 소리가 들렸다. 그는 주위를 둘러봤지만 산 정상을 한가로이 맴돌고 있는 까마귀 한 마리 이외에는 아무것도 보이지 않았다. 잘못 들은 것이라 생각한 그가 가려던 길로 몸을 돌렸는데 다시 한 번 "립 반 윙클! 립 반 윙클!" 하며 그를 부르는 목소리가 고요한 저녁 공기를 타고 들려왔다. 그와 동시에 울프가 털을 곤두세우고 낮게 으르렁거리며 주인 쪽으로 바짝 다가서는 골짜기 아래를 무섭게 쳐다보았다. 립은 알 수 없는 두려움과 긴장감에 휩싸여 소리가 들려오는 쪽을 바라보았다. 이상한 차림새를 한 남자가 무거워 보이는 짐을 등에 지고 한껏 구부린 자세로 느릿느릿 바위 위를 올라오고 있었다. 이런 첩첩산중에서 사람과 마주칠 거라고는 생각지 못했던 립은 적잖이 놀랐지만 그 사람이 누군가로부터 도움을 청하려 한다고 생각하곤 낯선 사람이 있는 곳을 향해 내려갔다.

가까이 다가가자 그 사람의 특이한 외모가 더 확실히 눈에 들어왔다. 땅딸막하게 각진 체구의 늙은이는 덥수룩한 머리칼과 회색 수염으로 얼굴이 덮여 있었다. 옷차림새는 옛날 네덜란드식이었다. 가죽으로 만든 조끼는 허리춤에서 꽉 조여 입었고, 여러 겹의 바지를 껴입었는데 가장 겉에 입은 바지는 풍성한 모양으로 무릎 언저리에 장식들이 주렁주렁 달려 있었다. 그는 커다란 술통을 어깨에 둘러매고 있었는데 립에게 가까이 다가와 어서 도와달라는 손짓을 했다.

　립은 처음 보는 사람이다 보니 괜히 꺼려지고 못 미더웠지만 예의 친절함이 발동하였다. 그들은 서로를 도와가며 물 한 줄기 없이 말라버린 좁은 계곡바닥을 따라갔다. 길을 따라가던 립은 이따금 천둥소리 같이 낮게 울리는 소리를 들을 수 있었다. 그 소리는 그들이 따라 걷고 있는 울퉁불퉁한 자갈길 저 위로 보이는 골짜기나 바위틈에서부터 들려오는 듯 했다. 립은 잠시 걸음을 멈추었지만 깊은 산중에서 흔히 들을 수 있는 천둥소리일 거라 생각하고 가던 길을 재촉했다. 골짜기를 지나자 그들은 원형경기장처럼 움푹 패인 지대에 다다랐다. 그곳은 수직에 가까울 정도로 내리 깎인 절벽으로 둘러싸여 있었고 머리 위로 자란 나무들이 두껍게 가지를 드리우고 있어 그 사이로 파란 하늘과 저녁 구름이 얼핏 보일 뿐이었다. 립과 낯선 노인은 아까부터 말없이 걷기만 할 뿐이었다. 립은 이 무거운 술통을 험난한 산 정상까지 가지고 올라가야 하는 이유를 도무지 알 수 없어 궁금한 마음이 들었지만 이 노인에게서 풍기는 이해할 수 없는 어떤 분위기에 압도되어 무턱대고 물어볼 수도 없는 노릇이었다.

원형경기장으로 들어서자 더욱 이상한 것들이 눈에 들어왔다. 경기장 한가운데 땅을 평평하게 고른 곳에서 이상한 모습을 한 사람들이 구주희를 하고 있었다. 그들은 별난 이국풍 차림이었다. 어떤 사람들은 짧은 상의 차림이고 다른 사람들은 가죽조끼에 허리춤에는 기다란 칼을 차고 있었다. 그들 대부분은 립이 따라온 노인처럼 통이 큰 반바지를 입고 있었다. 그들은 얼굴 생김새도 기묘하여 어떤 사람은 수염을 길게 기른 넓적한 얼굴에 눈은 돼지처럼 자그맣고, 또 어떤 사람은 언뜻 보면 코만 보일 정도로 커다란 코에 수탉의 붉은 깃으로 장식된 고깔모자를 쓰고 있었다. 차림은 비슷했지만 제각기 다른 모양과 색깔의 수염을 기르고 있었다. 그중에 무리의 우두머리로 보이는 사람이 보였다. 그는 세상풍파를 다 겪은 듯한 표정으로 건장한 체구를 가진 노신사였다. 그는 레이스로 장식된 짧은 상의를 입고 허리에 두른 널찍한 벨트에는 역시 단검이 걸려 있었다. 왕관 같이 높다란 모자는 깃털로 장식되어 있었고 빨간색 스타킹에 장미로 멋을 낸 굽이 높은 신발을 신고 있었다. 여기에 모여 있는 사람들을 보고 립은 언젠가 마을 목사인 도미니크 반 샤이크의 거실에서 보았던 플랑드르파 그림이 떠올랐다. 그 그림은 이주민들이 한창 이곳으로 건너올 당시 네덜란드에서 가져온 그림이라고 했었다.

무엇보다 립이 이상하게 여겼던 점이 있었는데, 여기 모여 있는 사람들은 분명 즐거운 시간을 가지고 있음에도 불구하고 표정이 무척이나 어두웠고 이상하리만큼 침묵을 지키고 있다는 사실이었다. 그가 이때까지 봐왔던 모습 가운데 가장 우울한 광경이었다. 이런 적막을 깨뜨리는 것은 구주희 놀이의 공소리뿐이었다. 핀을 향해 굴러가는 공은 마치 천둥이 치듯 산속에 울려 퍼졌다.

립과 노인이 다가가자 그들은 하던 놀이를 멈추고 그를 바라보았다. 그 표정이 어지나 차갑고 불쾌하리만큼 어두웠던지 가슴이 철렁 내려앉는 듯하고 다리가 바들바들 떨릴 지경이었다. 노인은 통에 든 술을 커다란 나무통에 비우더니 립에게 사람들의 술시중을 들라고 손짓했다. 그는 두려움에 떨며 그의 말을 따를 수밖에 없었다. 사람들은 여전히 아무 말도 없이 술만 벌컥벌컥 들이켜곤 다시 하던 게임을 마저 하러 돌아섰다.

립의 두려움과 불안감도 시간이 갈수록 차츰 누그러졌다. 사람들의 시선이 더 이상 그를 향하고 있지 않다는 걸 눈치챈 그는 몰래 술도 한 모금 맛보았다. 그 맛은 네덜란드산 최고급

술의 맛과 꼭 같았다. 애초에 술이라면 사족을 못 쓰는 그였던지라 금방 또 한 모금 더 마시고 싶어졌다. 그는 딱 한 잔만 더 하는 심정으로 마시다 보니 계속해서 술통으로 향하게 되었고 결국 알딸딸하게 취해서는 고개도 가누지 못할 정도가 되더니 이내 깊은 잠에 빠지고 말았다.

잠에서 깬 립은 그 노인을 처음 보았던 언덕 위에 있었다. 그는 밝은 아침 햇살에 눈을 비볐다. 산새들이 숲 속 여기저기를 날아다니며 지저귀고 있었고 독수리는 산바람을 타며 높은 하늘 위를 빙글빙글 돌고 있었다. '내가 밤새 이런 곳에서 잠을 자진 않았을텐데.' 하고 립은 생각했다. 그는 지난밤 잠들기 전에 무슨 일이 있었는지 기억하려 했다. 커다란 짐을 이고 가던 이상한 노인네—산속에 있던 계곡—온통 바위뿐인 곳에 숨어 있던 은신처—구주희를 하던 황량한 표정의 무리들—술통.

"그래! 술통이야, 그놈의 술통!"

립은 고민에 빠졌다.

"무슨 말로 아내에게 둘러대야 한담!"

그는 자신이 가지고 왔던 총을 찾아보았다. 하지만 기름칠이 잘된 엽총이 있어야 할 자리엔 낡은 화승총 한 자루가 대신 놓여 있었다. 총신은 녹이 슬어 있고 방아쇠는 떨어져 나갔으며 개머리판은 여기저기 벌레 먹어 있었다. 그는 자신이 산속에서 만난 그 놀이꾼들의 꾐에 빠져 술을 먹다 잠이 들었고 그 틈을 타 그들이 총을 훔쳐간 것이라 생각했다. 울프가 보이지 않았지만 아마도 다람쥐나 메추라기를 쫓다 길을 잃어버렸을 거라 생각했다. 휘파람을 불어 큰 소리로 울프를 불러봤지만 아무런 기척도 없었다. 그가 내는 소리가 메아리로 되돌아올 뿐 그의 개는 끝내 나타나지 않았다. 그는 지난밤에 보았던 장소로 돌아가 무리들을 다시 보게 되면 자신의 총과 울프를 돌려달라 해야겠다고 마음먹었다. 자리에서 일어나 발걸음을 옮기려는데 몸 여기저기가 쑤시고 보통 때처럼 움직이는 게 잘 되지 않았다. '이곳은 잠자리가 영 불편해.' 립은 생각했다. '게다가 여기서 이렇게 놀다가 관절염에라도 걸린 거라면 마누라에게 또 크게 한 소리 듣겠는걸.' 그는 힘들게 골짜기 아래로 내려갔다. 마침내 어젯밤 그와 노인이 함께 걸었던 계곡에 다다랐을 때 그는 놀라지 않을 수 없었다. 어제까지만 해도 바짝 말라 있던 그곳에 지금은 계곡물이 하얀 포말을 일으키며 바위틈을 따라 흐르고 있는 것이다. 하지만 그는 포기하지 않고 방향을 틀어 계곡 옆을 따라 기어오르기 시작했다. 자

작나무며 녹나무, 개암나무가 숲을 이루고 있어 앞으로 나아
가는 게 쉽지 않았다. 종종 나무들 사이로 감긴 머루 덩굴에
걸려 넘어지기도 했다.

　마침내 립은 계곡의 끝에 다다랐다. 하지만 절벽 사이로 펼
쳐져야 할 원형경기장의 모습은 온데간데없었다. 대신 높이
솟은 바위벽이 사위를 둘러싸고 있었고 그 아래로 형성된 물
줄기는 깃털 같은 거품을 일으키며, 숲에 둘러싸여 시커멓게
보이는 깊은 연못으로 흘러들고 있었다. 가엾은 립은 여기서
그만 발걸음을 멈출 수밖에 없었다. 그는 다시 한 번 휘파람
소리를 내어 울프를 불러봤지만 들려오는 것이라고는 한 무
리 까마귀떼의 까악까악 하는 울음소리뿐이었다. 그들은 당황
하는 립을 비웃기라도 하는 듯 느릿느릿한 날개짓으로 하늘
을 날고 있었다. '이제 어떡해야 할까?' 아침나절도 다 지나
가고 립은 자신이 아무것도 먹지 못한 채 허기져 있다는 걸 깨
달았다. 그는 총과 개를 포기하고 내려가야 한다는 사실에 마
음이 아팠다. 아내를 대면해야 하는 것도 매우 걱정이었다. 하
지만 여기서 이렇게 하염없이 배를 곯고 있을 것도 아니었다.
그는 고개를 내젓고는 녹슨 총만 어깨에 두른 채 걱정과 근심
이 가득한 표정으로 집을 향해 발걸음을 옮겼다.

마을로 향하는 길에 꽤 많은 사람들과 마주쳤다. 하지만 그 중에 그가 아는 사람은 한 사람도 보이지 않았다. 그는 적잖이 놀랄 수밖에 없었다. 이 주변 마을 사람들을 거의 다 알고 있다고 생각했던 그였기 때문이다. 그들의 차림새도 립이 익히 봐왔던 것과 많이 달라 보였다. 마주치는 사람들 또한 똑같이 놀라는 눈치였다. 그를 바라보는 사람들은 하나같이 턱을 쓰다듬으며 지나쳤다. 사람들의 이런 반복되는 행동을 이상하게 여긴 립은 자신의 턱을 만져봤는데, 놀랍게도 수염이 한 자나 자라 있었다!

립은 이윽고 마을 어귀에 다다랐다. 처음 보는 아이들이 그의 뒤를 졸졸 따라와서는 그의 허연 수염을 손가락질하며 야유하듯 놀려댔다. 동네의 개들도 마찬가지였다. 그가 알아볼 수 있는 놈은 한 마리도 없었고 그가 옆을 지나갈 때마다 마구 짖어댔다. 마을도 모든 게 바뀌어 있었다. 예전보다 훨씬 널찍한 모습에 사람들도 더욱 북적거렸다. 한 줄로 늘어선 주택가도 전혀 본 적 없는 것이려니와 자주 드나들던 이웃집들도 볼 수 없었다. 문패에 적힌 이름들도, 창문으로 자신을 내다보는 사람들의 얼굴도, 모두가 낯설었다. 그는 갑자기 두려워졌다. 자신과 자신을 둘러싼 세상이 마법에 걸린 게 아닐까 의심스

러웠다. 이곳은 그가 오랫동안 살아왔고 바로 하루 전에 떠나왔던 마을이 틀림없었다. 우뚝 선 캐츠킬산맥도, 저 멀리 보이는 허드슨 강도, 작은 산마루와 넓은 골짜기도, 모두 예전 그대로였다. 립은 너무 당황스러웠다.

"어젯밤의 그 술통! 그놈의 술 때문에 머리가 어떻게 된 게 분명해!"

립은 집을 찾는 것도 쉽지 않았다. 어렵사리 집을 찾은 립은 반 윙클 부인의 그 날카로운 목소리가 들려올까 숨 죽여 다가갔다. 그러나 집은 완전히 허물어져 있었다. 지붕은 무너지고 창문이란 창문은 죄다 깨져 있었으며 문은 경첩에서 떨어져 나간 상태였다. 울프처럼 보이는 개 한 마리가 배를 곯은 탓에 반쯤 죽어가는 모양새로 주위를 어슬렁거리고 있었다. 립이 개를 불러보았지만 그놈은 이빨을 드러내 으르렁거리더니 그냥 지나가버렸다. 이보다 더 매정할 수는 없는 노릇이었다. 립은 깊은 한숨을 내쉬며 말했다.

"내 개가 주인을 알아보지 못하다니!"

립은 반 윙클 부인이 항상 깨끗하게 정리정돈 해놓았던 집 안으로 들어섰다. 집은 텅 비어 황량함이 감돌았고 지금은 아무도 살지 않는 것처럼 보였다. 적막감에 사로잡힌 그는 지난 결혼생활의 고난도 잊은 채 큰 소리로 아내와 아이들을 불러 보았다. 하지만 텅 빈 집에는 자신의 목소리만 짧게 울릴 뿐 다시 모든 것이 정적에 휩싸였다.

그는 황급히 밖을 나와 그가 자주 드나들던 마을 여관으로 달려가 보았지만 그마저도 이미 사라지고 없었다. 대신 원래 여관이 있던 자리에는 당장이라도 무너질 것처럼 보이는 커다란 목재건물이 서 있었다. 큼지막한 창문들은 입을 쩍 벌리고 있었고, 개중에 깨진 것들은 낡은 모자나 여자 속치마 따위로 메워져 있었다. 문 위에는 '유니언 호텔. 조너선 둘리틀 경영'이라는 글자가 페인트로 적혀 있었다. 여관 건물의 지붕 위로 높이 뻗어 올라 있던 나무 대신 지금은 높다란 장대가 하나 서 있었다. 그 꼭대기에는 마치 취침용 모자처럼 생긴 빨간 천이 걸려 있었고 그 끝에는 별 문양과 줄무늬라는 괴상한 조합의 깃발이 펄럭이고 있었다. 이 모든 것이 죄다 이상하고 이해할 수 없는 것들이었다. 하지만 그는 간판 위에 그려진 혈색 좋은 조지 왕의 얼굴은 알아볼 수 있었다. 저 아래서 그는 평화롭게 담뱃대를 뻐끔거리곤 했었다. 하지만 이마저도 어딘가 이상하게 변형된 채였다. 붉은색이었던 옷은 누런빛이 감도는 파란색으로 바뀌었고 그의 손에는 홀 대신 칼이 쥐어져 있었고 머리에는 세모꼴의 모자를 쓰고 있었다. 그림 밑에는 페인트로 쓴 커다란 글씨로 '워싱턴 장군'이라고 적혀 있었다.

입구는 예전처럼 사람들로 붐비고 있었다. 하지만 립이 알아볼 수 있는 사람은 한 명도 없었다. 사람들의 성격도 어딘가 변한 것 같았다. 익숙하던 나른함과 평온함은 온데간데없이 모두들 바빠 보였고 혼잡하고 시끌벅적한 분위기였다. 립은 니콜라스 베더를 찾아보았다. 그의 넓은 얼굴과 두 겹의 턱, 이러쿵저러쿵 말을 하기보다는 조용히 구름담배를 내뿜던 기다란 파이프를 찾아보았다. 날짜 지난 신문을 읽어주던 반 봄멜 교장도 찾아봤다. 하지만 다 헛고생이었다. 그 대신 깡말라서 신경질적으로 보이는 남자가 호주머니에 전단지를 한가득 채워놓고서는 시민의 권리, 선거, 국회의원, 자유, 벙커힐, 1776년도의 용사들 따위에 대해서 장황하게 연설을 늘어놓고 있었다. 도대체 뭐가 뭔지 갈피도 못 잡고 있는 립에게는 다 허튼소리로밖에 들리지 않았다.

허옇게 세어버린 기다란 수염, 녹슨 총, 이상한 차림새, 뒤를 따라다니는 여인네들과 아이들까지, 립의 모습은 사람들의 시선을 끌기에 충분했다. 곧 그 선술집에 상주하며 정치꾼

노릇을 하던 무리들이 립의 주위로 모여들어서는 그를 아래위로 훑어보기 시작했다. 조금 전 그 웅변가가 그에게 다가왔다. 립을 자신에게로 슬쩍 당겨 세우더니 물었다.

"어느 쪽에 투표했소?"

립은 얼빠진 표정으로 그를 바라보았다. 키가 작고 어딘가 분주해 보이는 또 다른 사람이 립의 팔을 잡아끌고는 발뒤꿈치를 세워 그의 귀에 물었다.

"연방당이오, 민주당이오?"

립은 역시나 그 말을 이해하지 못해 난처해하고 있었다. 그때였다. 거만해 보이는 어느 노신사가 앞으로 나왔다. 뾰족한 삼각모를 쓰고 팔꿈치로 사람들을 양옆으로 밀치며 앞으로 나선 그는 립 앞에 떡하니 자리를 잡고 섰다. 한 손은 허리에 얹고 다른 한 손은 지팡이를 짚은 채 립을 바라보는 그의 눈빛은 마치 그의 마음을 꿰뚫어보는 듯했다.

"이 선거장에 와서 도대체 뭘 하려는 것이오? 어깨에는 총까지 매고 사람들을 끌고 와서는 말이야. 이 마을에 폭동이라도 일으키려는 것 아니오?"

그가 엄한 목소리로 물었다.

"아이고, 여러분들!"

깜짝 놀라서 립이 대답했다.

"나는 문제를 일으키러 온 사람이 아니외다. 나로 말할 것 같으면 이 마을에 사는 그저 평범한 국왕의 충성스러운 신민이오. 폐하 만세!"

주위에 모여 있던 사람들이 일제히 소리치기 시작했다.

"왕당파다! 왕당파다! 첩자다! 도망자다! 저놈을 잡아! 없애버려!"

삼각모를 쓴 남자가 어렵사리 사람들을 진정시켜 분위기를 안정시켰다. 그는 짐짓 열 배는 더 엄숙한 표정을 지으며 이 낯선 이에게, 이곳에 나타난 이유가 무엇인지 또 누구를 찾고 있는지 물었다. 가엾은 립은 자신은 사람들에게 아무런 해를 끼칠 의도가 없으며 단지 이 여관 근처에서 항상 볼 수 있었던 친구들을 찾고 있다고 말했다.

"그래, 그들이 누구요? 이름을 한번 말해보시오."

립은 잠시 생각하다 말했다.

"니콜라스 베더 씨는 어딨소?"

침묵이 흘렀다. 잠시 후 한 늙은이가 새된 목소리로 말했다.

"니콜라스 베더! 그 사람은 죽은 지가 벌써 18년이나 됐소만! 저기 가면 교회 마당에 나무로 만든 그의 묘비가 있었지.

지금은 그것마저 다 썩어 없어졌지만."

"그렇다면 브롬 더처 씨는 어디 있소?"

"오, 그 사람도 전쟁이 발발하자 군에 입대했었지. 스토니
포인트의 격전지에서 전사했다고도 하고, 안토니즈 노우즈
기슭에서 폭풍우가 몰아치던 날 익사했다고도 하고, 여하튼
다시는 이곳에 돌아오지 못했어."

"반 봄멜 교장선생님은?"

"그 사람도 전쟁에 참여했지. 나중에는 민병대 장군까지 올
랐어. 지금은 국회의원으로 계시고."

립은 고향집과 친구들의 이런 슬픈 변화에 가슴이 먹먹해지
며 이 세상에 홀로 남은 느낌이 들었다. 이 모든 것이 혼란스
러웠다. 시간이 그렇게나 흘러가버렸다는 사실도, 전쟁이니
국회의원이니, 스토니 포인트니 하는 말들도 모두가 이해하
기 힘든 것이었다. 그는 더 이상 아는 사람들의 이름을 물어볼
용기가 나지 않자 절망에 빠져 소리쳤다.

"그럼 여기서 립 반 윙클을 아는 사람은 있소?"

"립 반 윙클!"

두세 사람이 흥분해서 소리쳤다.

"물론이지! 저쪽 나무에 기대선 자가 바로 립 반 윙클이오!"

립은 고개를 돌려 쳐다봤다. 그곳에는 그가 산으로 들어가던 때의 모습과 꼭 같은 모습을 한 남자가 서 있었다. 게을러 보이는 외모하며 누더기 같은 옷차림은 그때의 그를 꼭 닮아 있었다. 불쌍한 립은 이제 아무것도 모르겠다는 얼굴이었다. 그는 자기 자신마저 믿을 수 없었다. 그가 꼭 다른 사람인 것만 같았다. 립이 혼란에 빠져 있을 때 뾰족한 삼각모의 남자가, 그는 누구이며 이름은 무엇인지 물어왔다.

"나도 모르겠소."

립이 어찌할 바를 몰라 소리쳤다.

"나는 아마 내가 아닌 것 같소. 나는 내가 아니라 다른 누군가가 된 거요. 저기 저쪽에 서 있는 사람이 나인 것 같소. 아니, 저 자는 내 자리에 들어간 다른 사람이야. 어젯밤까지 나는 분명 나였어. 하지만 산속에서 잠이 들어버렸고, 그 이후로 내 총이며 모든 게 변해버렸단 말이오. 이제는 나도 내가 누군지, 내 이름이 뭔지 도무지 알 수 없어!"

주위에 몰려 있던 사람들은 서로를 바라보며 고개를 끄덕이는가 하면, 의미심장한 눈짓을 보내기도 하고 손가락으로 이마를 톡톡 치기도 했다. 또한 무슨 나쁜 일이 벌어지기 전에 어서 총을 빼앗아야 한다는 수군거림도 들렸다. 그 거만하고 의기양양하던 노신사도 그 소리에 꿈쩍 놀라 뒤로 물러섰다. 이런 아슬아슬한 순간에 한 어여쁜 여인이 불쑥 앞으로 나왔다. 이 회색 수염의 노인을 구경하려고 사람들 틈바구니에 서 있다가 그만 앞으로 밀려난 것이었다. 그녀의 품에는 통통한 아이가 안겨 있다가 립의 얼굴을 보고 놀라 울음을 터뜨렸다.

"쉿, 립."

여자가 말했다.

"뚝, 아가야. 이분은 나쁜 사람이 아니란다."

아이의 이름, 그 여인의 태도와 목소리에 립은 무언가 어렴풋한 기억이 떠오르는 것 같았다.

"부인, 성함이 어떻게 되시는지요?"

그가 물었다.

"주디스 가드니어라고 합니다."

"그럼 부친의 존함은?"

"아, 불쌍한 아버지! 그분의 이름은 립 반 윙클이죠. 아버지가 총을 메고 집을 나선 지가 벌써 20년이 지났어요. 그리고는 다시는 돌아오지 않으셨죠. 아버지와 함께 있던 개는 혼자서 집으로 돌아왔답니다. 총으로 스스로를 쏘신 건지, 아니면 인디언에게 잡혀가기라도 하신 건지 아무도 모를 일이지요.

저는 그때 조그만 아이였고요."

립은 또 한 가지 묻고 싶은 게 있었다. 더듬거리며 그가 물었다.

"어머니는 어디 계시오?"

"오, 그분도 아버지가 사라지시고 난 후 얼마 안 있어 돌아가셨어요. 뉴잉글랜드에서 온 행상인과 말다툼을 벌이다 그만 뇌출혈을 일으키셨죠."

그 말을 듣고 그는 다소 마음이 놓이는 듯했다. 그는 더 이상 기다릴 수 없었다. 립은 자신의 딸과 아이를 품에 안으며 말했다.

"내가 네 애비다, 얘야."

그가 절규하듯 소리쳤다.

"그때는 훨씬 젊었지만 지금은 이렇게 늙은이가 돼버렸구나! 누가 이 불쌍한 립 반 윙클을 못 알아보시겠소?"

모두들 놀라서 아무 말 없이 그 자리에 서 있었다. 그때 한 나이든 여인이 사람들 사이를 비집고 나와 손을 눈썹 언저리에 댄 채 잠시 동안 그의 얼굴을 응시하더니 소리쳤다.

"그래 맞아, 립 반 윙클이야! 이 사람이 바로 립 반 윙클이야! 다시 돌아와 반가워요, 이 양반아. 아니 어쩌다가, 도대체

20년이란 오랜 세월 동안 어디에 계셨던 게요?"

립은 간단하게 얘기할 수 있었다. 20년이라는 세월도 그에게는 단지 하룻밤에 불과했기 때문이다. 사람들은 그의 얘기를 들으면서 그저 눈만 끔뻑거릴 수밖에 없었다. 어떤 사람들은 서로에게 눈짓을 보내며 혀로 볼을 한쪽으로 볼록하게 내보였다. 어수선한 분위기가 다소 가라앉자 그 의기양양했던 노신사는 자기가 원래 있던 자리로 돌아섰다. 입을 삐죽이 내민 채 고개를 젓는 그의 모습에 사람들도 그를 따라 다들 고개를 흔들고 있었다.

사람들은 마침 길을 따라 천천히 걸어오는 피터 반더동크 영감에게 의견을 묻기로 했다. 그는 이 마을이 처음 생겼을 때부터 마을을 연구해오던 역사가의 후손이었다. 마을에서 가장 오랫동안 살아온 사람들 중 한 명이었고, 마을 주변에서 일어나는 이상한 일과 전설 등에 정통한 인물이었다. 그는 단번에 립을 알아보고 그가 들려준 이야기에 대해서도 만족할 만한 설명을 내놓았다. 그는 이곳 캐츠킬산자락에서 항상 신비로운 일들이 벌어진다는 사실을 선조들이 남긴 여러 자료들을 바탕으로 확인시켜주었다. 마을 옆으로 흐르는 강을 비롯하여 이 지역을 처음 발견한 헨드릭 허드슨이 20년에 한 번씩 반월호의 선원들과 함께 이곳을 돌아보러 다닌다는 이야기도 들려주었다. 그들은 허가를 받아 예전 탐험지를 둘러보고 그의 이름을 딴 강과 도시의 안녕도 매번 확인하러 온다는 것이다. 그가 말하길 피터의 선친은 전통 네덜란드식 의상을 입고 산골짜기에서 구주희를 즐기는 모습을 직접 목격했다고 했다. 자신 또한 어느 여름날 오후 산에서 구주희 공이 굴러가는 소리를 들은 적이 있다고 증언했다.

한동안 그곳에 몰려 있던 사람들은 다시 선거라는 중요한 사안을 해결하러 돌아갔다. 립의 딸은 그를 집으로 데려가 함께 살았다. 집은 아늑하고 세간살이가 잘 갖춰진 곳이었다. 딸의 남편은 건장한 체구에 활기찬 성격을 가진 농부였다. 립은 그가 그 옛날 자신의 등에 올라타 장난을 치며 놀던 개구쟁이들 중 한 명이라는 사실을 기억해냈다. 립의 아들로 말하자면 그를 꼭 닮은 사람으로, 립이 산에서 내려온 날 여관 앞 나무 밑에 기대 서 있던 그 사내였다. 립의 성격을 그대로 이어받은 그는 농장에 고용되어 일을 하고 있기는 했지만 립과 마찬가지로 남을 돕는 일에는 열심이고 자신의 앞가림을 하는 데는 신통치 않은 사람이었다.

립은 곧 예전의 모습을 되찾아 한량처럼 마을 여기저기를 돌아다니기 시작했다. 그리고 옛 친구 몇몇도 다시 만날 수 있었다. 하지만 그들은 하나같이 세월의 풍파를 겪으며 쇠약한 늙은이가 되어 있었다. 젊은 세대와 어울리고 싶었던 립은 젊은이들과 어울리며 그들 사이에서도 많은 인기를 끌게 되었다.

집에서는 딱히 할 일도 없었고 적당히 게으름을 피우더라도 남에게 흉보이지 않을 나이가 되었으므로, 그는 다시 여관 앞 의자에 자리를 잡고 앉아 시간을 보내기 시작했다. 마을의 원로로서, 그리고 전쟁 이전 시대를 살아왔다는 연대기적 상징으로서 그는 존경받는 삶을 살았다. 얼마 지나지 않아 립도 사람들의 일상 속에 녹아들기에 어색하지 않은 존재가 되었고, 그가 잠든 사이에 일어났던 이러저러한 변화들도 이해할 수 있게 되었다. 독립전쟁은 어떻게 일어나게 됐는지, 어떻게 잉글랜드로부터 따로 떨어져나올 수 있었는지, 그리고 왜 자신이 더 이상 조지 3세의 신민이 아닌 미합중국이라는 새로운 사회에 속한 자유로운 시민이 될 수 있는지에 대해 이해할 수 있게 된 것이다. 사실 립은 정치에 대해서라면 전혀 관심을 두지 않았던 사람이었고, 국가나 제국에 일어난 여러 변화들에 그다지 큰 영향을 받지 않았다. 하지만 그에게도 전제정치하에 핍박받던 시절이 있었으니, 그것은 바로 그의 아내가 통치하던 시절이었다. 다행히도 그때는 다 옛날 이야기가 돼버렸다. 그는 이제 결혼생활이라는 속박에서 벗어나 하고 싶은 일을 마음껏 하고 다닐 수 있었다. 하지만 여전히 아내의 이름이 언급될 때면 고개를 가로저으며 어깨를 움츠린 채 허공을 쳐다보곤 했는데, 이는 자신의 운명을 체념한 것처럼 보이기도 했고, 해방의 기쁨을 표현하는 것처럼 보이기도 했다.

그는 둘리틀 씨의 호텔에 들르는 모든 여행객에게 자신의 이야기를 들려주었다. 그가 잠에서 깨어난 지 얼마 되지 않았기에 처음에는 이야기를 할 때마다 그 내용이 조금씩 달라지곤 했다. 하지만 이야기를 들려주는 횟수가 거듭될수록 내용의 틀이 잡혀가기 시작했고 결국 내가 지금 알고 있는 내용처럼 하나의 완성된 이야기가 될 수 있었다. 남녀노소 할 것 없이 마을 사람들은 모두 그의 이야기를 달달 외울 정도가 되었다. 어떤 사람들은 여전히 그의 이야기에서 신빙성을 의심하기도 했고 항상 종잡을 수 없는 그의 이야기에 그의 머리가 이상해진 게 틀림없다는 결론을 내리기도 했다. 하지만 나이든 네덜란드 이민자들은 언제나 그의 이야기에 깊은 신뢰감을 내보였다. 오늘날에도 그들은 캐츠킬 산맥에서 들려오는 천둥소리를 헨드릭 허드슨과 그의 부하들이 벌이는 구주희 소리라고 믿고 있다. 이곳 공처가들은 아내의 잔소리에 삶이 힘겨워질 때면 자신은 언제나 립 반 윙클이 마셨다던 그 술을 한 모금 맛볼 수 있을까 하며 푸념을 늘어놓곤 했다.

SLEEPY
HOLLOW

❊

슬리피 할로우

초판 1쇄 2017년 10월 16일

지 은 이 워싱턴 어빙
옮 긴 이 김동준
펴 낸 이 강만식

기획·편집 최민석
디 자 인 정형일
마 케 팅 차예준, 이중경
영업기획 하태혁
경영지원 안재용, 박삼규

펴 낸 곳 ㈜도서출판 혜윰
출판등록 2016년 9월 5일 제406-2016-000117호
주　　소 경기도 파주시 회동길 37-14 1층
전　　화 031-955-5768
팩　　스 031-955-5769
홈페이지 www.hyeyumbooks.co.kr

ISBN 979-11-88575-03-9 03840

이 도서의 국립중앙도서관 출판예정도서목록(CIP)은 서지정보유통지원시스템 홈페이지(http://seoji.nl.go.kr)와 국가자료공동목록
시스템(http://www.nl.go.kr/kolisnet)에서 이용하실 수 있습니다.(CIP제어번호: CIP2017025682)